青天の霹靂やねん／風の記憶

橋本 由美

✤この物語は一部フィクションを含みます。✤

どんだけ青天の霹靂やねん

これは、ごく真面目に生きていた33才@医師の、［青天の霹靂ほぼ実体験］を、オカンが手紙や日記から拾い集めてまとめた記録である。


「人生は、近くで見れば悲劇でも、遠くから観れば喜劇である」

と、チャップリンは言った。

Life is a tragedy when seen in close-up, but a comedy in long-shot.

今は泣く程悲しかったり悔しかったり苦痛である事も、その場から離れてみたり、あるいは立場が変わったり、そうして程よい時間年月が経てば、やがては温かい気持ちで、笑って振り返れる時が来る。

そう、生きている限りは・・・

２０１８年８月２８日火曜日

体調がすぐれず、朝からリビングルームのソファーに横になっていた。

翌日は引っ越しなのだが、荷造りの最終チェックは、オカンに頼んだ。

実家から歩いて2分とかからないマンションに住んでいたが、この前月の初めに、そのマンション前の側溝で、仔猫を見つけた。

声がするので覗き込んでみると、まだ生まれて間もない様子の幼い子で、怯えたように震えながら鳴いていた。

辺りを探してみたが、母猫や兄弟姉妹の姿は無かった。

このまま放置しておいては死んでしまうだろうと、とっさに部屋にダンボール箱を取りに戻り、少しでも安心するようにとタオルでくるんで、そっとその中に入れた。

それでもその子は鳴きやまない。

小さな体で、僕に必死で何かを訴えているように感じられた。

さて、どうしたものか。

マンションは、ペット飼育禁止である。

元々猫嫌いで犬派だった両親は、ひょんなことから、昨年、この辺りにひとりぼっちで暮らしていた仔猫を引き取り、育てている。

台風の翌日に、近所の家のガレージに置かれたダンボールの中で、毛並みがボロボロになって丸まっているその子の姿を見たオヤジが、不憫でいてもたってもいられなくなったらしい。

「まさか猫を飼うことになるとは思わへんかったわぁ」

と、オカンは、今では丸々と成長したその子に目を細めながら、よくそう言っている。

話せばわかってもらえるかもしれない。


という訳で、深夜0時頃ではあったが、そのダンボール箱を抱えて実家のチャイムを鳴らした。

当然ながら、オカンは、こんな夜中に何ごとかと驚きつつ、

「福ちゃん（8年前に保健所から引き取った先住犬）と、マナちゃん（この前年に引き取った先住猫）がいるし、もうよう飼えへんわ～」

と、困惑した面持ちで答えた。

かといって、今はとにかく保護してミルクでも与えなければ死んでしまう。
・・・とにもかくにも取りあえず、両親に、
「ペット可の住まいを探す」

と約束し、その日から、仔猫と一緒に、実家に転がり込んだのである。


仔猫は男の子で、ラーと名付けた。

古代エジプト神話に登場する太陽神の名前だ。

丁度、古代エジプト文明に興味を持ち、よくネットで関連記事を読んでいたため、その名を思い付いた。

洋猫の血が入っているのか、顔が小さく細身で、姿勢がすこぶる良い。

すっと背筋を伸ばして（猫背ではない）、長い尾を体にくるんと巻き付けて座る姿は、エジプトの古代遺跡に見られる絵や彫刻のようだ。

毛色は、ベンガル種に似ている。

その後、何とか、ラーと一緒に暮らせる住まいも見つかり、いよいよ翌日に引っ越しの日を迎えることとなっていた。

が、荷造りに根を詰めすぎたのか、朝から頭痛がして、ちょっと休んでいたのだ。

ドアの開く音がした。

オカンが買い物から帰ってきたのだろうと体を起こしかけると、それよりも先に、オカンが、

「洋之！」

と呼んだ。

いつもの声のトーンとは違う。

見ると、オカンの後ろに、見知らぬ男性（女性も1名）が、10人近くも立っていた。

仰天した。

しかも出で立ちの怪しい者が大半だ。

一体何者？

強盗か？

いや人数多すぎるやろ、しかも真っ昼間、うちは人通りの多い道路に面してもいる。

ソファーに座ったまま、まだぼんやりした寝起きの頭の中でぐるぐる考えていると、迷彩服上下姿の、白髪交じりの痩せた男性が、

「近畿厚生局麻薬捜査課の取締官である」

と名乗り、声をかけてきた。

「大内洋之さん？」

「はい」

「何でここで寝てるの？」

「あ、いやちょっと体調が悪くて・・・」

「あのね、あなたは、指定薬物を含んだサプリメントを輸入したの。だから調べさせてもらうよ、これは捜索の同意書」

と、書類を無造作に見せられた。

一体何を言われているのかわからなかったが、促されるままにサインをし、ボディチェックを受けた。

「ポケットの中の物、全部出して」

と言われて、テーブルの上に並べていったが、出るわ出るわ・・・

翌日引っ越し予定のため、普段持っている財布やiPhone以外にも、通帳やキャッシュカードに印鑑、健康保険証にパスポート、携帯Wi-Fi、引っ越し屋に支払う現金、常備薬、口寂しい時のおやつまで、あらゆる物を身に付けていた。

それらを収納するために、(暦の上では立秋はとうに過ぎたとはいえ) この8月の日に、見るからに暑そうな、ポケットの沢山あるベストとカーゴパンツを着用してもいた。

怪しいことこの上無い。

まるで、逃亡する気満々みたいやん。

さすがの捜査員の面々も、呆れ顔であった。

僕に寄り添って平和に眠っていたラーは、いきなり大勢の見知らぬ人間が部屋に入ってきたことにパニックになり、ソファーの下に隠れた。

上の階では、僕の部屋の捜索も行われていた。

後でオカンから聞いたが、そちらは、近畿厚生局 (厚生労働省) ではなく、大阪税関麻薬捜査課（財務省税関監視官）のチームだったらしい。

彼らは、机の引出しやクローゼットの中も全て開け、衣類や郵便物、常備薬、洗っていないマグカップまで、ひとつひとつ、複数人の目で確認しながら、ダンボールに入れる物、残す物を分類していった。

幸か不幸か、翌日の引っ越しのために、わかりやすく整理して梱包してある物も多数あった。

捜索って、こういう風にするのか・・・まだ実感が湧かず、まるでドラマでも見ているかのように、ぼーっと眺めていた。

そこへ、さっきの迷彩服と、無表情で背の高いジーンズ姿の捜査官とが、質問をしてきた。

迷彩服は、周囲から「上席」と呼ばれていた。

「海外から、よく物を買っているね」

「Amazonに出店しているのか？」

「親しい友人は?ここに訪ねてくる者は?」

オカンも、同様の質問を受けたらしい。

後日、何と答えたかと尋ねると、

「息子は、仕事道具からおやつまで、ほとんど海外通販を利用しています。海外から直接まとめて買う方が、同じサプリメントや医学書でも、安いし選択肢も豊富やと、よく話しています」

「昔コレクションした洋画のパンフレットやグッズなどを、時々、売っているようです、けっこう人気があるそうです」

「息子は、岡山に住んでいる中学時代からの親友の他には、お友達はいません。その子が年に3回か4回、京都に帰省した時に来る以外には、誰も尋ねてくる人はありません」

・・・まあ・・・そうか。

捜索は、4時間近くにも及び、上の階のチームが、オカンと一緒にリビングに戻ってきた頃には、もう夕方になっていた。

迷彩服が、［逮捕状］を提示し、

「5時45分、身柄を拘束します」

と告げた。

オカンも僕も、現実感が無く、ただ呆然としていた。

ダンボール箱に入れられた郵便物やサプリメント、パソコンやiPadが、次々と運び出されて行く。

よくテレビニュースで見る光景だ。

オカンが、やっと小さな声で、無表情ノッポに尋ねた。

「本当に指定成分が入っていたとして、知らずに発注しただけで罪になるんですか？」

無表情ノッポは、横を向いたまま素っ気なく答えた。

「税関に届いた時点で違法です」

しかし、後日、正確にはそれは違うことがわかった。

実際、僕は、輸入の可否の基準や状況、手続きや窓口の所在について、税関や、厚生労働省薬事監査部に、何度も、電話で確認している。

探せば、録音も存在しているはずだ。

その際、

「基準は特に無い」

「事前の申告なり確認なりに対応することはしていない。実際に輸入してもらった際に、税関が検査をして輸入の可否を決定することとなり、薬事法に抵触するおそれがあると判断された際は、厚生労働省に連絡があり、薬監証明を求める必要があるかどうかを判断する、という流れとなる」

「実際に輸入をされたのでなければ、特に対応はできない」

「税関の検査を待っていればよい」

等と、告げられるのみであった。


そしてそれまでの経験から、例えば、聴診器（医療機器となる）やビーフジャーキー（個人輸入禁止食品）などは、税関で一旦留め置かれ、本人に連絡が来る。

そこで、聴診器なら、医師免許を提示するなどの証明をし、ビーフジャーキーは、破棄に同意する。

猫の虫下しを発注した時には、薬監証明書を発行してもらった。

いずれも、そうした手続きを取ることで、何の問題も無く済んでいたのである。

もちろん、麻薬や覚醒剤などは、全く別次元の話しになるが、あくまで［指定成分が含まれているかもしれないサプリメント］だ。

しかも、その指定成分とて、国民に広く公布されているものではなく、捜査官ですら暗記しておらず、おそらく日本国内のほぼ全ての一般の医師・薬剤師も知らないであろうということが現実でもあり、医師免許のある者が、適正な手続きを踏まえて研究や治療目的で輸入することは認められている類いのものだ。

そして普通は、知らずに発注した場合、税関からの連絡があり、先述のように、指示に従えば済むのである。


何故、いきなり家宅捜索を受け、身柄を拘束などされるのか。

まさに、［青天の霹靂］だった。

逮捕状には、

［不詳の共犯者と共謀し、自らが使用する以外の目的で、アメリカ合衆国のシカゴ・オヘア国際空港発日本航空第9便にて、成田空港経由で本人の住所宛に郵便で搬出させ、指定薬物を本邦に輸入した］

とあった。

つまり、完全に、［組織犯罪］を疑われていたのだ。

そのため、通常であれば、税関から連絡が来るという手続きがなされず、［泳がされて］いたのだ。

それで色々腑に落ちることがあった。

発注した商品が、とうに日本に到着しているはずにも関わらず、いっこうに連絡も無いため、僕は何度も税関に電話を入れて確認をした。

その度に、

「今、税関は大変混み合っているので、もう少しお待ちください」

という返答だったのである。

つまり、わざと留め置かれ、次に動くのを監視されていたのだろう。

そう言えば、Amazonの僕のサイトに、

「出品されている物の他にも、商品がありますか？」

との連絡を受けたこともある。

もしかすると、捜査官が、客のふりをして、［裏商品］でも探っていたのだろうか。

そんなことは思いもよらず、僕は真面目に、

「伊達政宗の兜のレプリカならありますよ。なかなかレアな物で、傷汚れもありませんよ」

等と、丁寧に説明をしていた。滑稽である。

その上、この数ヶ月、家の前に、不審な車が停まっているのを、しばしば目撃してもいた。

中には、黒ランニングに太い金のネックレスという出で立ちの怪しい人物が乗っていることもあり、家族も気味悪がっていた。

おぉ！そう言えば、その男、さっきの捜査官の中にいたやん！

また、じつは僕は、カメラが趣味で、休日にはニコン一式を積み込んだ愛車のマツダCX5で、ぶらりと撮影に出かけていたが、時には、関西空港の駐車場や、高野山の山中で、車中泊することもあった。

そんな時、周りが思いっきり空いているのに、何故か自分のすぐ傍に駐車する車があり、違和感を感じていた。


今にして思えば、おそらく、尾行中の捜査官だったのだろう。

関空で車中泊など、どんだけ怪しいねん！

そこでブツの受け渡しでもすると思われたのだろうが、残念なことに、僕は、どこでもいつでも孤独に1人で、誰と接触することも無かった。


そのため、業を煮やした捜査官は、一気にパソコンや電子端末を押収して、その履歴を調べ、

「組織を一網打尽にしよう」

と考えたのであろう。

そう分析すると、合点がいく。

それにしても、［捜索令状］や［逮捕状］は、裁判所が許可を与えて発行するものだが、捜査官から見た［状況証拠］だけで、簡単に申請が通ってしまうのだということに、恐ろしさを感じる。

誰だって、明日は我が身だ。

逮捕状を提示され、固まったままのオカンに、黒パンツスーツ姿の女性捜査官が、声をかけた。

「お母さん、持って行く着替えを用意してください。下着と、普通のTシャツとズボンのような物で、紐やゴムの付いている物はダメです。ボタンもダメですから、フード付きのパーカーやジーンズも持って行けません」

オカンは、黙って階段を駆け上り、紙袋に、言われた物を詰めてきた。

女性捜査官が中を確認し終えると、無表情ノッポに、

「行くぞ」

と促された。

オカンに、

「ラーを頼む」

と声をかけたが、とっさにそれしか思い浮かばなかったのだ。

スニーカーを履きかけると、女性捜査官から
「紐靴はダメです」
と言われ、サンダルをつっかけた。

家の前には、黒の大型ワンボックスカーが待機しており、後部座席に、両側を捜査官に挟まれて座った。

正直、何の現実感も無かったが、車は発進した。

家の前に、オカンがポツンと立っていた。


到着したのは、大阪府警察署内の留置場である。

あたりはもう、薄暗くなっていた。

そこでまず、留置場の看守長と思われる人物の面接を受けた。

彼は、僕のプロファイリングを見ながら、

「あなたは、お医者さんですね。こんなことで逮捕されて、今日からいきなり生活が変わってしまい、気の毒に思います。気をしっかり持ってください」

と言われた。

今の職場では、上司や同僚に、そんな気遣い溢れる言葉をかけられたことは無いかもしれない・・・との思いが胸をよぎると、一瞬で夢から現実に引き戻されたような感覚で、涙が溢れ出た。


留置場は塩ビシート貼りのような床で、トイレと蛇口以外は何も無い。

何室か並んでいる中のひとつに収監された。

原則的には48時間以内に、釈放となるか、検察送致となるかが決められるというルールらしい。

その決定は、裁判所でなされ、確定するのは、およそ72時間後。

つまり、拘束から約3日間、留置され、家族とも連絡が取れず、もちろん面会もできないのである。

弁護士は接見できるそうだが、たいていの人間は、全くの青天の霹靂の事態に、すぐに弁護士を見つけて委任し、呼ぶことなど難しいだろう。

突然の人生の暗転に、助けとなる誰とも、会うことも相談することもできないというこの司法システムそのものが、もはや拷問の始まりのように思えた。

僕の前に、２名の先客がいた。

１人は、入れ墨のある中年男性、もう1人は、大麻所持で逮捕されたという２０才そこそこの若者だ。

入れ墨の男性は、ベテランらしく、

「兄ちゃん、何やったんや?」

と、気さくに声をかけてきた。

事情を話すと、

「そんなん有りかいな。初犯で前科も無いんやろ。こんなんでいきなり逮捕なんて、ワシでも聞いたこと無いなぁ。そら辛いやろ、大変やなぁ」

と、いたく同情してもらった。

若者は、先輩の話しに素直に相槌を打ちながら、

「へーお兄さん、お医者さんなんか、頭いいんやなぁ」

と、気恥ずかしいほど感心してくれた。

僕は、人間関係で悩み多い人生を送ってきたが、この時、これまで関わってきた人達の多くより、目の前の2人の方が、人情味ある真っ当な人間のように感じられた。

2018年8月29日水曜日

朝が来た。

看守長がやって来て、

「少しは眠れましたか?」

と気遣ってくれた。

この人は、収監者の誰に対しても、丁寧な言葉や態度で接している。

これまでの人生では接点の無かった人達・・・一緒に収監されている者、看守達・・・孤独と不安で言い知れない恐怖の中にいたその時の自分には、それまで接してきた社会の人間の大半より、はるかに救いとなった。


朝食が済むと、取り調べに呼ばれた。

ベテランの入れ墨が、

「大丈夫や、何かの間違いやし、兄ちゃんは、すぐ釈放や！」

と、明るく励ましてくれた。

その時、僕はよほど青ざめた顔をしていたのだろう。

大麻の若者は、

「オレ、薬物の取り調べは受けたことあるし平気や、代わりに行ったげてもええよ」

と、気休めなのか本気なのかもわからない、無邪気な眼差しで、うな垂れている僕を覗き込むようにして、声をかけてくれた。

2人とも、何て優しいんや！

また泣きそうになった。

初めての取り調べ体験。

捜査官は2名、いずれも、家宅捜索の時にもいた人物だ。

1人は、近畿厚生局麻薬捜査課（キンマと呼ぶらしい）所属の、あの、インパクトが強くて張り込み時から印象に残っていた、黒ランニングに金ネックレスの中年男性だ。

頭は丸刈り、見るからに怖い。

DEA（米国麻薬取締局）のロゴバッヂを付けている。ファッションのようだが、これに憧れて、この職に就いたのだろう。わかりやすい。

もう1人は、大阪税関麻薬取締捜査官で、真面目な学生風だ。

ナチュラルなヘアスタイルに、黒縁眼鏡、白い半袖のワイシャツ姿で、物腰も静かで丁寧だ。

刑事ドラマで見る［脅し役］と［なだめ役］なのだろうか？

そう言えば、僕は、逮捕されてから、一度も尿検査をされていない。

つまり、最初から［違法薬物の使用］は疑われておらず、あくまで、［組織犯罪の摘発］が、主たる目的であったのだろう。

［共犯者］についても、何度も同じ質問をされたが、残念なことに、僕は、人とつるむのが苦手で、オカンも答えていたように、「友達なんて、1人しかいない」のだ。

しかも、その親友は、岡山で家庭を持ち、真面目なサラリーマンをしている。

どれ程調べても、塵一つ出ないのだ。

2019年8月30日木曜日

情報が無いため、よくわからなかったが、どうやら僕は、この時点で、［検察送致］が、決定されたらしい。

つまり、［釈放］とはならず、検察に、罪状の決定が委ねられたのである。

そのため、裁判所において、捜査側から［勾留請求］がなされ、その審判を受けるために、捜査官に付き添われて、大阪地裁へ移送された。

手錠に腰縄という出で立ち、自分の人生に於いて、経験するとは夢にも思わなかった状況だ。

人間の尊厳は、打ち砕かれる。

ここで初めて、担当となる篠田検事と会った。

まだ若く、短髪にワイシャツ姿、意志の強そうな濃い眉に、知的な眼差し。まさに、「ザ・検察」といった雰囲気だ。

そもそも裁判官や検察官は、司法試験に合格するだけではなく、その成績が、上位何割かに入っていなければなれないものだと聞くので、そら優秀なんやろなぁと、ぼんやり考えていた。

まだ弁護士も就いていないため、3名の裁判官の前で、捜査側から、一方的な「被疑事実」の書面が提出され、それに従い、あっさりと、「9月6日までの勾留」が、決定されたのである。

勾留理由は、

「被疑者が罪状を隠滅すると疑うに足りる相当な理由がある」

とされていた。

パソコンもiPadもiPhoneもキャッシュカードもパスポートも全て取り上げられ、つるむ人間もいないのに、どうやって罪状を隠滅するというのだろう。

しかし、自分の身の上に起きたことに絶望しつつも、受け容れざるを得ない状況だった。


この日の夕刻、弁護士が、面会に来てくれた。

両親が、伝手を探して依頼してくれたらしい。

若くて見るからにスマートな東大出身の杉田弁護士と、堅実な雰囲気の女性の若林弁護士だ。


留置場に入れられ、常に手枷腰紐で引き回される日が、人としての尊厳が、嵐の如く、疾風の如く奪い去られる日が、こんなに唐突にやって来るとは、そして人の手で、こんなにも残酷な形で日常を切り裂かれるとは、思いもよらなかった。

僕はもはや為す術無く、ただ、今は弁護士に託すしか無いと、思い知ったのだった。

2018年8月31日金曜日

前日の、大阪地裁の勾留決定により、僕は、大阪拘置所に、身柄を移されることとなった。

留置場でのルームメートとは、お別れだ。

入れ墨も大麻の若者も、僕が釈放されると心から信じてくれていたため、我が事のように落胆してくれた。

例の黒いワンボックスカーが、迎えに来た。

また手錠腰縄で、車に乗せられた。

僕は極度な睡眠障害で、専門クリニックにかかっており、睡眠導入剤を、しばしば服用していた。

この度の嫌疑の原因となったサプリメントも、自分なりに、何とか薬に頼らずに、この障害を克服できる術は無いかと、体質改善も含めてあれこれ模索する中で、自分なりに試してみた結果である。

そのため、僕は、捜査官に、

「不眠症で、睡眠導入剤を服用しているので、持参薬として持って行かせてもらえますか？」

と、お願いしてみた。


車中の捜査官は、取り調べにあたっていたDEAと学生風、そして女性捜査官と無表情ノッポ、癒やし系風貌の男性の5人だった。

どうやら、この5人が、僕担当のチームらしい。

隣に座っていた無表情ノッポは、即座に
「何言ってんだ！」

と、面倒くさそうに却下した。

運転中のDEAは、ヤクザな口調で、

「あかん、あかん」

と、否定した。

助手席の癒やし系が、

「ごめんね、かなえてあげられなくて」

と、振り返りながら言った。

拘置所の部屋は、３畳の畳敷きで、奥にトイレと洗面台があり、ダンボール素材で造ったような小さな座机と布団だけが置いてある。

多くが相部屋のようだが、僕は何故か、最初から一人部屋だった。

理由はわからない。

オカンが、朝から来て、何時になるかわからない僕の到着を待っていてくれたらしい。

ずらりと並んだ面会室の一室に、連行された。

初めての面会は、３０分間だった。

その後の面会時間は、取り調べとの時間調整や拘置所の都合により、２０分であったり１５分であったりすることもあった。

面会者がきちんとドアをしめたことを確認してから入室し、刑務官が横に立ち、タイマーがセットされ、透明の仕切り越しに話しをする。

最初に口から出たのは、

「迷惑かけてごめん」

という言葉だ。

オカンは、泣いた。


僕が好きな干し芋や麩菓子を差し入れようとして持参してくれたそうだが、食品は、指定の店にある指定の物しか入れることはできないと言われ、拘置所のすぐ傍にある、「丸の家」という店まで注文に行ってくれたそうだ。

ところが、この日は金曜日だったため、月曜日にしか入らないとのことだったようだ。


その後、大阪拘置所が面会不可となる土日祝日以外は、ほぼ毎日、京都から電車で通ってくれたオカンは、毎回、その店から差入れをしてくれることとなった。

店の年配女性と親しくなり、いつも励ましてもらい、そこで泣かせてもらっていたそうだ。

その女性にもらった飴玉を、「人の優しさを忘れないためのお守り」として、今も大切にバッグに入れている。

２０１８年９月４日火曜日

拘束されてから、全てが夢なのだと、目を覚まそうと、何度、あるべき平和な現実が蘇ることを願ったことだろう。

毎日、悲しく、悔しく、悶えるような苦しみが、突発的に襲ってくる。


この日、超大型台風２１号が、関西を直撃した。

交通網が停止し、京都から電車で通ってくれていたオカンも、面会に来られなかった。

独居室の廊下の反対側には通用路があり、これを挟んで外窓となっており、上部のブラインドの隙間から、外の空が少し見える。

ここから雨風が入ってくることは殆ど無い堅牢な造りだが、この時は、突風が舞い込み、通用路の重い消火器が倒れ、雨水も浸入した。

「もしこのまま水嵩が増して、誰も鍵を開けてくれなかったら・・・」

と、ふと思い、ぞっとした。

雷も凄かった。

停電も2度あった。

一瞬で復旧するのだが、ハリウッド映画なんかでは、こういう時には、各室のドアが一斉に開いて大混乱、というお決まりがあるなぁなどと、ぼんやり思ったりしていた。

まぁそこは、流石に日本、皆粛々と対応し、システムの狂いは小まめに察知し、適宜修復する。


眠れない夜、ふと、手の小指をマッサージしてみた。

幼い頃、オカンが、「よく眠れるおまじない」と言ってしてくれたことを思い出したのだった。

もう20数年も前の昔の記憶である。

2018年9月6日木曜日

拘置所では、毎日21時から翌朝7時半迄の、長い夜を過ごす。

夜通し、瞼の皮一枚を隔てて煌々と灯され続ける蛍光灯に苦しみながら、就寝しなければならない。

ただでさえ、僕には、睡眠障害の持病がある上、当然ながら、自分の身に起きた事への、閾値を超える程の強いストレスで、殆ど眠ることの出来ない状態が続いていた。

かなりの精神的ダメージが、じわじわと胸の中に、耐えがたい圧迫感を伴って広がってゆくように感じていた。

その苦しさに耐えきれず、弁護士を通して、睡眠薬の処方をお願いした。

拘置所内で処方してもらえるものとばかり思っていたのだが、指定のクリニックへ行って受診しなければならなかった。

そのため、この日、捜査官に連れて行かれた。

しかしその経験は、精神に、さらなるダメージを与えるものだったのである。

クリニックは、市中の雑居ビルの中に有り、一般の患者さんも来ている。

もちろん、車を降りてからの道中にも、市民が普通に歩いている。

その中を、僕は、手錠に腰縄で、歩かされたのだ。

まだ僕は、［受刑者］ではなく、［推定無罪の一市民］だ。

逮捕されたとはいえ、何の罪状も決定していない。


拘置所や裁判所だけでも、こうした扱いを受けることに、尊厳を踏みにじられる惨めな思いをしていたのに、市中を歩かされたのだ。

例え本物の受刑者であったとしても、このような人権無視の扱いが、仮にも［先進国とされているこの国］で、行われていいとは思えない。


事情を知らない人々の好奇の目が痛かった。

担当官は、無表情ノッポとDEAだった。DEAは、この日はランニングではなく、普通の黒ポロシャツ姿だった。

無表情ノッポに言われた。

「おまえのせいで、今日のコンパに遅れるだろ。まったくうっとうしい。このジャンキーが！」

2018年9月8日土曜日

この日が勾留期限だったが、また前回同様に、裁判所に連れて行かれた。捜査側から、［勾留延長請求］が申請されたためである。

僕以外にも、何人かが順番待ちをしていた。

結局、前回同様の［被疑者が罪状を隠滅すると疑うに足りる相当な理由がある］との捜査側の主張が認められ、18日火曜日までの、さらに10日間の勾留延長が決定した。

オカンは、今度こそ一緒に帰れると思い、朝から大阪に来て待っていてくれたようだが、叶わなかった。

面会者が、拘置所内に入るためには、入り口で、携帯電話やカメラなどの機器、鍵などもロッカーに入れた上で、金属探知機のゲートを通らなければならない。つまり、館内では、携帯電話は使えず、弁護士からの連絡をすぐに受け取ることができない。

そのため、オカンは、拘置所近くのメディカルビルで待機してくれていたのだが、弁護士からの勾留延長決定の報告を受け、泣きながら電車で帰ったそうだ。

「周囲の人達は、どう思てはったやろね」

と、後日、オカンは話していた。


オヤジが、自分の座右の銘としている本を差し入れてくれていた。

最初にオカンに言付けてくれたそうだが、手元に届くのに時間差がある。

というのは、検閲があるためだ。

オヤジは、付箋を貼っていたそうだが、それは全て取り除くように言われた。

付箋や、文中の書き込み（傍線だけでも）は、「メッセージを与える目的にも使われるため禁止」なのだそうだ。

また、本に付いているブックマーク用の紐も、（紐類は全て禁止のため）自分で刑務官の目の前で切り取るようにと指示されたそうだ。


部屋にトイレはあるが、紙は、自前で用意しなければならない。

それも、売店で売っている指定の「ちり紙」と呼ばれる物のみだ。

タオルのサイズも決まっている。石鹸も指定のものを売店で買わなければならない。

僕は、後述するある事情から、しばらく散髪に行っておらず、長く伸びた髪をゴムでくくっていた。今思えば、その風貌も、怪しまれた要因のひとつだったのかもしれない。

しかし、ゴムを没収されたため、手でかき上げたり、シャツの襟元に突っ込んだりしてみたものの、長い髪がすぐに顔にかかり、まさに落ち武者のようになっていた。

2018年9月14日金曜日

朝から［検察調べ］のため、大阪地検に移送されて、篠田検事の取り調べを受けていた。

検事は、常に紳士的な態度で、僕の話しを聞いてくれた。

彼は、言外の思いも瞬時に理解し、それを声に出してスラスラと文章化する。素晴らしい能力だ。

それを、丘野事務官が、ほぼ同時のスピードで、黙々とキーボードに打ち込んでゆく。

僕は、打ちひしがれつつも、彼らの見事な連携プレーに感心していた。

2人とも、30代半ばか・・・僕と同世代だ。

3人3様の人生やなぁ〜と、自虐的な気持ちになり、胸の奥がしくしくと悲しみに疼いた。

その時、検事のデスクに置かれた電話が鳴った。

「親から委任されたという弁護士が、接見に来た」とのことだった。

杉田弁護士でも若林弁護士でも無いらしい。

親が、また誰か新たに依頼してくれたのだろうか・・・

「弁護士から申請があると、検事調べ中であっても中断して接見させなければならない」というルールがあるらしい。ココだけは、文明国だ。


検事は、速やかに僕を、接見室に移した。

ほどなくして、色の黒い小柄な中年男性が入って来た。髪の毛も目も、黒々としている。

彼は、濃い顔に貼り付いたような作り笑いで、

「やっと会えたね、弁護士の廣田だ」

と言った。

そう言われて、ようやくわかったが、僕は尚更混乱した。

「え?何でうちの親が、廣田弁護士に委任なんかするんや?」

じつは、僕は、職場の上杉病院グループ所属の北部病院で、あるきっかけからハラスメントを受けるようになり、1年程前から、大学の同級生だった井出弁護士に相談をしていたのだが、その時に、病院側顧問として登場したのが、廣田弁護士だった。

とはいえ、弁護士同士の文書のやり取りだけであったため、直接の面識は無く、顔は知らなかった。

その後、井出弁護士は、これは明らかに作戦ミスだったが、廣田弁護士に対して［文書偽造］を理由に懲戒請求を行った。

そして逆に、廣田弁護士から懲戒請求をされた上、それが、当時の井出弁護士所属の大手法律事務所内で問題視された。

そのため、井出弁護士は、僕に対して何の説明も無く、一方的に、委任契約を破棄するとの通知とともに、音信不通となってしまっていたのだ。

つまり、廣田弁護士は、既に、僕にとっては［相手方弁護士］であり［敵対当事者］であり、いくら度を失ったとしても、うちの親が、そのような人物に依頼をするはずなど、どう考えても有り得ない。

廣田弁護士は、接見室の仕切り越しに、貼り付いた笑顔のままで、

「やっと会えたね、大変だね」

と言った。

「先生には、井出弁護士の件で、ご迷惑をおかけしました」

そう答えると、

「もういい、もういい、その事はわかった。私が井出弁護士に、何をしてやったか知ってるね。謝罪文を書かせて、父親と一緒に詫びを入れさせた。その結果、あいつは事務所を出されて、一人事務所になってる。本来なら、あいつこそ、そっちにいてもおかしくない」

と、勝者であるという風を吹かせてみせた後、案の定、トカゲの尻尾切りの話しを切り出してきた。

「来週18日に、金井先生の公判が始まる。またマスコミが押し寄せる。その時に、君が起訴されたら、同じ上杉病院グループから2人の犯罪者が出る事になって、カメラが殺到する。病院の評判は、多大なダメージを受ける事になる。

そこで、退職届を持って来た。

2通あるから、この後また検事調べが始まった時、検事の目の前で、退職届を書いて、1枚を、検事に渡しなさい。

もし検事に渡せないなら、拘置所の所長に掛け合って、コレを中に入れさせる。最近、法律が変わりやがって、面倒なんだよな。

でも所長に言って入れるから、書いて出せば、連休明けの火曜日に、検事に放り込んでおく。

君が違法性を知らなかったのは仕方が無い。しかし医者として、落ち度があるよね。だから君は、検事の前で「責任取って医者を辞めます」と言って書くんだ。

そうすれば、反省の意思を表明できて、情状酌量もされるだろう。

それに、君の両親は、社会的地位も無いから、君が起訴されても、保釈の身元引受人にはなれないよ。

上杉病院グループの会長や理事長なら、君が反省して退職届を書くのなら、身元引受人になってくれるかもしれない」

ここまでを、一気にまくし立てた。

その勢いは、まるで興奮状態にあるかのように見えた。

「金井先生の公判」というのは、その半年前に、上杉病院グループの金井医師が、反社会的勢力の組長に、「収監を免れるための偽診断書を書いた」とされた事件だ。

これは、京都市立医科大学の当時の学長や院長らも巻き込み、上杉病院グループからは、金井医師と、直接に組長の窓口担当となっていた小野医事部長の2人が逮捕され、大々的に報道された。

結果的には、起訴されたのは、金井医師1人であり、後日、彼も、無罪判決を受けた。

しかし2018年9月14日時点では、まだ結果は出ておらず、病院側は、何としても、事を表沙汰にしたくなかったのだろう。

廣田弁護士は、まるでそれが自分の功績であるかのように得意気に、

「金井先生は、頑なに退職届を書くことを拒否した。だから懲戒解雇にしたんだ」

とも言った。

そして、後日にオカンから聞いたところによると、この時、ほぼ同時進行で、オカンも、この体験を共有していたのだ。

この日も、朝のうちに、拘置所へ面会のために出向いてくれたのだが、受付で、

「今日は、検事調べで一日中検察に行っているため、面会はできません」

と言われ、そのまま、中之島にある法律事務所に移動し、堂島川に面した一室で、杉田弁護士、若林弁護士と、打ち合わせを行っていた。

そこへ、「篠田検事からお電話が入っています」と、事務所スタッフから連絡が入った。

オカンは、「何ごと?」と、心臓が止まりそうな程、驚いたらしい。

杉田弁護士は、オカンの目の前で、電話を受けた。

「廣田弁護士ですか?私は聞いていません。今、お母様は、目の前におられますが」

杉田弁護士は、受話器を持ったまま、オカンの方に顔を向け、

「廣田弁護士と名乗る人物が、ご両親から依頼されたと言って、接見に来たとのことですが、お母さん、心当たりありますか?」

と尋ねた。

オカンは、

「え?そんなんあり得ません。廣田弁護士は、元々、相手方弁護士ですし、そんな人に、夫や私がお願いするはずがありません」

と、混乱しつつ、全力で否定した。

杉田弁護士は、その旨を、電話口で伝えて、受話器を置き、

「検事によると、廣田弁護士が、ご両親の依頼で選任となる予定だと言うので、検事調べを中断して接見させたものの、選任届も持っていないし、様子がおかしいと感じて、電話してくれたそうです。廣田弁護士には、お引き取りいただくとのことでしたので、安心してください」

と、伝えた。

そして、

「今からすぐに、私達も、検事と本人に事情を聞きに、大阪地検に行きます。これは明らかに弁護妨害だ！」

と、常にクールな彼には珍しく、激高した様子であったそうだ。

その後、杉田弁護士と若林弁護士は、大阪地検に走り、入館記録に廣田弁護士の名前を確認したものの、入れ違いであったようだ。

それもそのはず、検事から、「お引き取りください」と伝えられた廣田弁護士は、その足で、拘置所に先回りして、僕が戻るのを待っていたのだ。

僕は、大阪地検で、杉田弁護士、若林弁護士に事情を話してから戻ったため、既に夕刻5時の一般面会時間は過ぎていた。

しかし、僕を待ち受けていた廣田弁護士は、接見を求めてきた。

つまり、ここでも、「選任予定の弁護士である」と偽り、許可を得たのだろう。

もちろん、お断りをした。

2018年9月15日土曜日

朝食後、

「今日から3日間は土日祝日やし、オカンも来んし、多分取り調べも無いし、またずっと本読んで過ごすか」

と、鬱で落ち込んだ気分を何とか立て直そうとしていると、刑務官が、

「廣田弁護士から接見依頼です」

と伝えに来た。

驚いたが、もう前日の轍は踏まない。

「選任弁護士は他にいるので、お断りください」

と伝えた。

それにしても、土曜日は、家族も一般も、面会はできないのだから、またもや、刑務官に対して［選任予定の弁護士］と名乗ったとしか考えられない。

前日に篠田検事に見破られたのに懲りていないのだと、むしろ呆れた。


その上、お断りしても、［退職届］だけは、差し入れされた。

差入れもできないルールのはずだが、刑務官にどう言い繕ったのかはわからないままである。

2018年9月16日日曜日

日曜日の朝だというのに、速達書留郵便が届いた。

白地にグリーンで［上杉病院グループ北部病院］と印刷された、見慣れた封筒だ。

開けてみると［懲戒解雇通知］だった。

「えー！何でやねん！昨日、廣田弁護士が、退職届差し入れてきたばっかしやん、それを提出したら懲戒解雇はせんて言うたはずやし、まだこっちの返答もしてないのに、早過ぎるやろ」

もっとも、退職届を提出するつもりは無かったが、しかし早過ぎる。

そもそも最初から、手筈通りだったということだ。

金井医師の時も、この手を使ったのだろうか。

それにしても、僕の逮捕は、一切公表されてはいなかったし、この時点では、家族と弁護士、捜査関係者以外は、誰も知らないはずだった。

何故、廣田弁護士は、やって来たのか。

後日、オカンが聞いた話しでは、[近畿厚生局麻薬捜査課]と名乗る電話が、僕の職場である北部病院の長井事務長宛にかかり、

「おたくの医師を、薬事法違反で逮捕したが、共犯者の捜査が続いているので、一切情報が漏れないようにしてください」

と言われたそうだ。

それを、長井事務長が、上杉祥士理事長に報告し、廣田弁護士が動いたのだろう。

しかし、まだ嫌疑の有無もわからない、推定無罪の一市民の職場に、そうした連絡を入れることは、適法なのだろうか。

そもそも、電話を受けた長井事務長が共犯者という可能性もあるだろうし、そうすれば、彼が急いで証拠隠滅を図るとは想定しなかったのだろうか。

さらに、わざわざキンマから、そう依頼されたにも関わらず、まさに［情報を拡散する］べく、電話を受けた長井事務長と、報告を受けた祥士理事長のみならず、病院長、副院長、看護部長、医事部長、検査部長から、事務次長、窓口の受付スタッフまで招集して、［賞罰委員会］なるものを開催し、

未確定で不正確な［被疑事実］を、あたかも決定事項のように、［証人として出席した廣田弁護士］が長々と披露し、僕の［懲戒解雇］を即決している。

これは、後日、僕の裁判に提出された［議事録］で確認した。

こんなに大勢のスタッフを集めれば、その中に、［共犯者］がいる可能性もあるし、そうで無くとも、情報はどこかから漏れるだろう。

アホやな。

話しを戻すが、つまり、キンマからの電話により発覚し、理事長が、廣田弁護士を差し向けた。

しかし、既に最初から［賞罰委員会］の開催は確定しており、いずれにしても、僕の嫌疑の有無に関わらず、また退職届提出の有無にも関わらず、この時点で、懲戒解雇にすることを、彼らは決定していたのである。

人生の突然の暗転に打ちのめされている職員を（後述するが、じつは理事長とは縁戚でもある）、さらにこんな形で、背中から突き落とすようなことをするものだろうか・・・

ブラック営利企業であれば、そういう手法も有り得るかもしれないが、僕の職場は、厚生労働省管轄の、公的資金で運営されている、［思いやりをモットーとして謳っている］医療法人のはずだ。

２０１８年９月１８日火曜日

勾留期限を迎えた。

ここで、被疑事実の有無が、検察により決定する予定だった。

無罪放免となるのか、嫌疑有りとされ、拘置所に留められるのか。

それは雲泥の差であり、結果を待つのは、凄まじいストレスだ。

後日、オカンも言っていた。

「生まれて初めて、血液が泡になって逆流するような感覚を覚えた」と。


ところが、もっと想定外の通告を受けた。

［再逮捕］だ。

つまり、最初に疑われた成分については［シロ］であったが、また別の指定薬物での［新たな嫌疑による逮捕］となったのである。


弁護士によると、これは、［本人が被疑事実を全面否定し、無罪主張している時］には、よく使われる手法らしい。

勾留期限は、普通は10日間、裁判所に勾留請求をして認められても、さらに10日の延長のみで、それ以上は認められず、この様に、法により最長でも20日と定められているため、あえて、最初に一度に嫌疑内容を出さず、少しずつ変えて［再逮捕］を繰り替えし、長期間の勾留、取り調べの中で、自白を引き出すのだそうだ。

［人質司法］と呼ばれ、冤罪を生み出す温床にもなり、先進国には類を見ない、世界的に悪評高い手法なのだと、後日知った。

この日、僕は一旦、［嫌疑不十分により釈放］された。

収監の時に預けた持ち物を返却され、一つ一つ確認のサインをし、勾留中に差入れされた本や衣類なども全てまとめて荷造りをし、貸し出されたカートに積み、刑務官に付き添われて、ゲートに向かった。

サインをする課程で、少しずつ「解放される」「これで家に帰れる」という思いが、じんわりと心の底から温かく湧き上がってきた。

「外には、オカンが迎えに来てくれてるんやろなぁ、今日はウィークデーやし、オヤジは無理やろしなぁ」

そんなことを考えながら、親切にしてもらった刑務官に、丁寧にお礼を告げて、ゲートの外に出た。

すると、そこには、オカンでもオヤジでも無く、［アノ］メンバーが待っていた。

迷彩服が、明るく笑いながら言った。

「残念だったね～、出られると思った？」

そして、逮捕状を見せられ、再び手錠に腰縄をかけられ、黒のワンボックスカーに乗せられた。

このような演出が必要なのだろうか？

1人の人間の人生が、潰されてしまうかもしれないという状況で、さらにその心情を弄ぶかのような、こうした演出は、必要なのだろうか！

しかし、その時の僕は、怒りを感じる感覚が麻痺するほど、心が凍てついてしまっていた。

再び、大阪府警の留置所へ収監された。

ここでまた、約3日を過ごす。

家族とも連絡は取れない。

振り出しに戻ったのだ。


驚いたことに、入れ墨ベテランは、まだそこに居た。

彼は、もう数ヶ月もここに居るのだという。

移送施設に空きが無かったり、警察が取り調べしやすいためであったり等の理由で、留置場が、[代用刑事施設]として使用されることは、違法ではないらしい。

しかし、元々長期収容のためには造られてはおらず、基本的には、拘束された者の身柄について、釈放するか、起訴を目指すかの決定までの2泊3日程度のための収容施設であるため、当然、プライバシーなど考えられていないし（いや、拘置所にもプライバシーなど無いが、まだ少しは人間らしい時間は過ごせる）、人ごとながら、切なくて胸が痛んだ。

まぁ、本人は、いたって意気軒昂で、やはり前の時同様、僕の行く末の方を気遣ってくれたのだが。

もう1人の新顔は、窃盗で捕まったという若者だったが、彼も、「何故こんな好青年が？」と思えるような素直で気のいい子だった。

廣田弁護士をはじめ、僕のハラスメントや懲戒解雇に関わった人間の方が、はるかに社会的地位は高く、文化的な暮らしをしているのだろうが、人を貶めることに一分の胸の痛みも感じず、他人の人生に何の共感も持てない、代理創造能力の欠如した魂レベルの者であると、僕は確信せざるを得なかった。

オカンが、ラーの写真と共に、昔、学生時代に、僕が書いた詩を持ってきてくれた。
あの頃の自分は、まさか10年足らずの未来に、こんな体験をしているとは想像だにしなかった。
それなりに悩み多い日々ではあったが、将来に夢も希望も持っていた。
オカンは、励ますつもりで持参してくれたのだろうが、むしろ、心が惨めで締め付けられるように痛かった。

「～空ビール瓶のクレート～

今日ジョギングをしていると、近所の結婚式場の裏口から、中で食器洗いをしている従業員の姿と、外に置かれた空ビール瓶のクレートが見えた。

ほのかに漂う、飲み干したビール瓶の匂い。

東京での学生時代にホテルのアルバイトをしていた頃を思い出した。


当時の大学のすぐ隣にある、ホテル・ニューオータニで、配膳のアルバイトをしていたのだ。

時給1350円で、その頃の自分には、結構な条件だった。

講演会、パーティーや結婚披露宴など各種イベントを扱い、会場のセッティングからリネンの回収、できたてほやほやのディッシュの運搬とテーブルまでの配膳、空食器集め、コース料理のテーブル請けまでやって、後片付けもする。とてもやりがいのある仕事だった。

大御所のホテルだけあって、各地から多種多様な客層が来るわけで、そんなお客さんたちを観察するのがとても楽しかった。

時は小泉政権、歴史的な自民党圧勝の選挙の時には、自民党のお歴々の記念パーティーもあって、僕は、あの扇千景さんがスピーチをしている前で、空き皿を回収したりしていた。いい思い出である。

そして、空ビール瓶を回収所まで運ぶのは、一イベントの終わり、一日の労働の終わりであり、その匂いに僕は、ささやかな達成感と開放感を嗅ぎ取っていた。

ホテル・ニューオータニは、僕が幼い頃から家族とよく東京で利用していたホテルだった。

従業員のモンキーコートを着てロビーを横切ったりすると、不思議な気持ちがした。かつて何の責任も負わず、ぶらぶらしてサービスを受けていた馴染みの場所で、今はその舞台裏を駆けずり回り使役され、サービスを与える側となっている自分がいる。おもしろい。そして切ない。

空ビール瓶の匂いを通して、ホテル働きの日々が、その日々の記憶を通して、自分という存在の絶対的な小ささ、その実感が思い出される。

人はテレビやコンピューターのスクリーンの中では自分が神になったような錯覚を覚える・・・とか言ったセリフが、何かの映画であった。

一番いけないのは、自分が神のように見下ろせる世界しか知ろうとしないこと、感じようとしないことなんだな。

世界には、いろんな顔がある。
同じ場所にいても、同じものを見ていても、聞いていても、匂っていても・・・。
自分という存在は、目の前のほんの一部しか見ていなくて、理解していなくて、そして、自身も世界のほんの一部でしかないんだな。

空ビール瓶の匂いと、肌寒い夕闇と、ちょっぴり寂しげな宴会場の裏口が、そんなことを思い出させてくれた。

願わくば、空の薬瓶の匂いと、患者さんが眠りについた静寂に包まれた病院の廊下に、改めて、労働の喜びと自分の小ささを味わえる日々が、早く訪れんことを。　２００９年」

2018年9月20日木曜日

前回と同じく、今回も、捜査側から［10日間の勾留延長請求］が提出され、また僕は、手錠腰縄で、審判を受けるために、大阪地裁へ移送された。

延長理由も、相も変わらず、前回と同じく、［被疑者が罪状を隠滅すると疑うに足りる相当な理由がある］というものだった。

いやもう本当にうんざりだ。

僕は、パソコンも電子端末も一切がっさい取り上げられ、銀行預金もビットコインも全て開示され、メールも、家族や友人とのLINEのやり取りまで、隅から隅まで読まれていたのだ。

これで、どうやって隠滅作業などできるというのだ。

オカンも、キンマから調書を取るために呼ばれた時に、そう訴えたそうだ。

すると「メールのやり取りが英語であるため、解読に時間がかかる」との理由を答えられたらしい。

いやいや、時間がかかるといっても、もう20日以上経っているし、どんだけ遅いねん。Google翻訳でもできるやろ。

それに、仮にそうだとしても、既にそのメールはキンマが手中に収めているのだから、隠滅のしようが無いはずだ。

結局、理由など後付けでしか無い。

勾留しようとすれば、何としてもできるのだ。この日本では。

今回も、同行したのは、無表情ノッポとDEAだった。

審判の順番を待つ間に、無表情ノッポが言った。

「俺もはじめはこんなことも意義があると思ってたけど、時間の無駄や、面倒くさい、おまえ、一人で待ってろ」

もちろん、一人では待てなかったのだが。

絶望感を何とか払拭しようと、家族に手紙を書いた。

「大阪拘置所より。皆さん如何お過ごしでしょう。

こちらでは毎日、頼んでもいないモーニングサービスに始まり、取調官や検事殿から頼んでもいない行政サービス（取調）アポ無し執行で引っ張りだこ。

更にそこに、頼んでもいない弁護士（廣田）が僕目がけてアポ無しゲリラ突撃を繰り返して来て、気分は一躍時の人。

頼んでもいない貸し切り装甲バス送迎、頼んでもいないボディーガード（僕が迷子にならない様リードでリードしてくれます）や、頼んでもいない24時間常時保安セキュリティシステムに守られて、色んな意味で、庶民には手も足も出せない生活を満喫させてもらってます。」

これくらい自虐ネタでも書かなければ、本当に、精神が壊れそうで、やりきれなかった。

オヤジが差し入れてくれたマルクス・アウレリウスの［自省録］の一説も書き添えた。

［神々は何も出来ないのか、何か出来るのか。

もし何も出来ないならば、何故祈るのか。

もし何か出来るならば、「これこれの事が起るようにしてくれ」とか「起らないようにしてくれ」とか祈るより、「これらの中の何ものをも恐れず、何ものをも欲せず、何ものについても悲嘆することのないようにしてください」と何故祈らないのか。

ある人が「彼らを厄介払いできますように」と祈るところを、「人を厄介払いしたいと思わないようになりますように」と祈れ。

「どうか失うことの無いように」と祈るところを「失うことを恐れずにいられますように」と祈れ。」（第9巻40）

2018年9月21日金曜日

僕は再び、大阪拘置所へ収監された。

またリセットとなるため、前に差入れされた物は、全て［所持品預かり］となり、手元には渡してもらえない。

それを知らなかったため、オカンの差入れも間に合わず、この3連休は、本も読めない、手紙も書けない、おやつも無い、もう瞑想するしか無い、という状況だった。

それまで見も知らなかった人達に、僕という人間の存在を「あーだこーだ」と規定され、「あーした、こーした」だの、「あーなる、こーなる」だの、過去・現在・未来にわたり、無数のフィクショナル・パラレルワールドを、皆、よくもまぁ僕に無断で、勝手に議論、強弁、提唱してくれるが、僕は、僕だ。

そう、僕という人間の著作権は、僕のものだ。

僕にも一分（いちぶん）というものがある。

2018年9月24日月曜日

2クール目は、取り調べにあたる捜査官が、DEAから無表情ノッポに交替した。

上席が決めるのだろうか。

DEAは、言葉遣いは激しく見た目も怖かったが、ある意味、とてもわかりやすかった。

調書にサインをする時には、僕が、成分名の記載ミスからてにをはまでを修正してあげると、素直に「ありがとう」と言った。

ビットコインで僕が損を出しているデーターを見て、

「おまえ、損してるやんか」

と笑いものにされた時にも、その後で、

「ビットコインて、どうやって買うんや」

と聞いてきたため、丁寧に教えてあげた。


しかし、無表情ノッポは、対応がしんどかった。

彼は、薬剤師免許を持っており、頭の良さを自負しているようだったが、それだけに、人を貶める言葉や態度は効果的に使った。

彼自身は、ヘビースモーカー、いやもはや中毒なのではないかと思う。

もちろん、取り調べ室で吸うことは無いが、染みついた臭いと震える指先でわかる。


あくまで僕の考えだが、殆どの指定成分よりも、タバコの方が、はるかに社会に悪影響を与える［ハードドラッグ］だ。

何より、サプリメントは、強要でもしない限り、他人の人体に関わることは無いのに比べ、煙草の受動喫煙は、例え分煙していても、完全に防ぐことは難しい。

そして何より、中毒性が高く、禁断症状もきつい。

彼も、おそらく禁断症状で、あれ程苛ついていたのかもしれないし、彼なりの悩みやストレスもあるためだろうと、今は思えるが、当時は、そんな心の余裕などあるはずも無い。

彼らは、僕がいくら恭順の意を述べても、それは一切、記録に残さず、言っても無い言葉や内容を言ったと強弁し、さも僕が、反省の欠片も更生の余地も無い悪人の如くに印象操作する調書を叩きつけ、

サインを拒むと、罵倒と脅迫と共に、永遠に勾留するかのように告げ、

「また来るからな」と吐き捨てる。

逮捕された当初は、まだ、「何かの間違いだから、すぐに解放されるだろう」との思いが心の底にはあったが、ここまで引き延ばされ、尊厳を打ち砕かれると、もう希望を持つことができず、どんどん鬱症状が悪化してきた。

取り調べ中も、ただ俯いて、殆ど言葉も発せなかった。

それがまた、捜査官の感情を逆なでし、人格を打ち砕かれる程の罵倒を受けることの繰り返しとなった。

こうした状況の中で、精神が疲弊し麻痺してゆき、してもいないことを自白してしまうのだろうなと、捜査官の罵倒を聞きながら、心の中で、[自省録]の言葉をマントラのように繰り返していた。

家族に手紙を書いた。

［三畳一間の被監視勾留生活。ある種、今後近い未来に来るかもしれない人類総管理社会を先取り体験しているかのようでもあり、あるいはこう仮想してみたりもします。

曰く「世界は核戦争か何かで終末の危機にあり、僕は辛うじてシェルターに収容された。外は致死的環境となっていて、出ることはできない。限られた資源で、いつ出られるかも知れない極限の避難生活に、僕達の大多数は、甘んじて管理される側にならなければいけないのだ」と。］

２０１８年９月２６日水曜日

拘置所内では、本を読む以外に為す術が無い。

すると、半ば必然的に、外の情景写真、夢のある世界を想える何かを求める。

拘置所内の売店でも本が売られていることを知り、おそらく中学生以来、久々に、映画雑誌［スクリーン］を購入した。

かつてオカンに頼んで買ってもらったこの雑誌の写真を、穴が開くほど眺めていたあの頃を、懐かしく恋しく、思い出した。

そしてまた、家族に手紙を書いた。

「今、くまのプーさんの実写版「プーと大人になった僕」が上映されているそうです。時間があれば、僕の代わりに観て、感想を聞かせてください。登場人物全員を、精神科的分析している人がいて、面白いです。

実写化は、意外にも初めてなんですね。

ちなみに僕は、オクスフォードに短期留学した際、くまのプーさんの生まれ故郷にして同映画のロケにも使われている「100エーカーの森」に行ったことがありますが、とんでもない修羅場となった苦い経験があります。それはもう大変な思いをして、助けを求めて森を出ましたが、それはまた別のお話し・・・」

2018年9月27日木曜日

朝一で面会に来てくれたオカンが、待合室に戻ると、マクドナル神父と、付き添いの水野さんが座っている様子を目にしたそうだ。

うちの両親は、2010年に、マクドナル神父から、カトリックの洗礼を受けている。

そのため、僕の件も、この前の週末に、打ち明けたのだそうだ。

足が悪い神父は、常に杖と付き添いが必要だが、その体を押して、京都から、この不便な都島の拘置所まで来てくださったのだった。

しかし、オカンもその時に初めて知ったそうだが、面会は、1日1組しか受け付けされない。

やむなく、神父は、僕に差入れだけしてくださって、オカンと一緒に京都へ帰ることとなり、オカンも一緒の電車に乗ったそうだ。

しばらくすると、神父が
「Oh！この電車は反対方向です！太陽が南にあります！」

と言われ、一同、慌てて次の停車駅である尼崎で降りて、乗り換えたそうだ。

翌日、面会に来てくれたオカンから、その話しを聞いて感動した。

いや、わざわざ会いに来てくださったこともそうだが、何より、92才の神父が、太陽の位置で瞬時に方向を判断する能力、その知恵の素晴らしさ！

この頃、ずっと鬱症状が悪化していた僕にとっては、一瞬の気付け薬のように効き、久々に、オカンと笑顔で会話ができた。

その時に、神父から差し入れられた［天使の図鑑］は、美しい色刷りで、様々な絵画に描かれている天使が収録されており、眺めるだけで心が和み、救いとなった。

2018年10月5日金曜日

今回の勾留期限は、9日火曜日だが、6日から8日まで3連休となるため、この日のうちに検察の判断が出されるかもしれないと、弁護士から知らされ、オカンは、いつでも僕を迎えに行けるように、朝からJR大阪駅で待機していた。

朝の8時から夕刻6時前まで待っていたそうだが、結局、連絡は無かった。

この後の3日間は、僕はもうかなり精神がまいっていたため、むしろ逆に、傍目には、達観したようにも見えたかもしれない。

ただひたすら、マクドナル神父にいただいた［天使の図鑑］を眺め、オヤジからの［自省録」を心の中で反復し、オカンが差入れしてくれた「エジプト古代史」を読んで過ごした。

家族水入らずでゴロゴロしていた幼い頃が、とても愛おしい。

2018年10月9日火曜日

いよいよ審判の日だ。

また「再逮捕」を仕立て上げられる可能性もあれば、「起訴決定」としてこのまま拘置所に留め置かれる可能性もある。

凄絶極まりないストレスだ。

オカンは、9月18日の勾留期限の日にも、

「血液が逆流して泡立つような感覚のストレスを、生まれて初めて体験した」

と話していたが、

今回も、朝から大阪に出向いて待ってくれていた間、さらにその比では無いほど、［実際に体内で心臓や血管がミシミシと傷んでゆく感触］を、リアルに覚えたそうだ。
そしてその後、オカンは、不整脈を発症し、今も投薬治療を続けている。

僕は、朝から、検察庁に移送され、本件最後の検事調べを受けた。

篠田検事には、それまで常に、曖昧な記憶や行いに関しては、非常に厳しくクールに、説明を求められた。
一方で、僕の思いにも全て、公正な立場で、真摯に耳を傾けてもらった。
調書についても、本件に至る前の、職場でのハラスメントから、極度の睡眠障害に至った経緯、そして、オカンが探し集めて提出してくれた、かつて担当した患者さん達からいただいた礼状や手紙等についても、人情をもって受け止め、明文化してもらえたし、サインをするために、その文章を読み返すと、胸の奥底から、これまで凍てついていたものが溶けて湧き上がるような感覚を覚え、涙が溢れた。

篠田検事は、経緯を確認し、そして、

「不起訴を決定します」

と告げた。

「これからも、良き医師として、患者さんのために励んでください」

と、思いやり溢れる言葉をもかけてくれた。

これまでの、打ち砕かれた人間としての誇り、屈辱の記憶は、もはや僕の心身に頑なに刻み込まれ、完全に拭い去ることは困難かもしれないが、この篠田検事の言葉は、僕のみならず、家族にとっても、人生の救いとなった。


今度こそ、本当に釈放される！

大阪拘置所に戻され、また預かり品や所持品の確認と、一点一点に関するサインを行い、長い間に随分な量となってしまっていた本や衣類や布団（季節が変わり、拘置所支給の布団だけでは寒いだろうと差入れてもらっていた）をカートに積み込み、ゲートに向かった。

一方、オカンは、朝から待機していた近くのメディカルビルで、正午頃に、弁護士から電話を受けた。

着信音が鳴った時には、手が震え、使い古された［心臓が口から飛び出しそう］という表現を、まさに体験し、実感したそうだ。

「今、検事から電話があり、不起訴決定とのことでした。これから拘置所に戻され釈放手続きに入りますので、おそらく、2時から3時には、出て来られます」

との弁護士の言葉を受け、すぐにオヤジにも連絡し、2時前には、ゲートの前に、2人で待っていてくれた。

長期滞在のため（?）大荷物となったカートと共に、僕は、ゲートをくぐり、両親と手を取り合った。

2018年10月16日火曜日

解放されて、1週間が経った。

僕は、上杉病院グループから懲戒解雇されたままであるため、職場にも戻れず、宙ぶらりんの状態でいた。

睡眠障害は、悪化しており、夜明けのうつつな頭の中で、これまでの出来事全てが夢であったのではないかと考えてみたりしたが、次第に仄明かるく明けてゆく窓の外から聞こえる鳥の声や、旅行者がスーツケースをゴロゴロ引き摺って歩く音により、現実に引き戻された。

内容証明郵便が届いた。

懲戒解雇通知は、以前、大阪拘置所の住所に送られてきた。

どうしても送りたければ、実家にでも送ればいいものを、わざわざ、病院の事務から［大阪拘置所宛て］の住所で、送り付けられた。

絶望の極みにある無力な一職員に、縁戚の青年に、あえてそうした残酷な仕打ちをする必要が、どこにあったのだろうかと、今も思う。

そして、この日に届いたのは、［離職届］であった。

内容を見ると、［重責解雇］とされている。［別紙の通り］ともある。

［別紙］には、何を書かれているのだろうか。

また、本人記載欄には、［本人と連絡取れず］とされている。

提出の受領印は、１０月１２日。

僕が１０月９日以降、上杉病院グループ会長宅の町内の自宅に戻っていることは、関係者は皆知っていた。連絡を取りたければ、いつでも取れた。

にも関わらず、あえて、［本人記載欄］に本人が記述する権利も、本人が内容を確認する機会も、与えられなかった。

労働基準局も、何故、その点を確認しなかったのだろうか。

それにしても、酷い。


オカンは、すぐに、親しい縁戚の女性を通して抗議をしたようだが、まるでシロナガスクジラに突進するミジンコの様で、何一つ動かすことは出来なかった。

２０１８年１０月１７日水曜日

篠田検事から弁護士に連絡があり、押収されたままになっていたパソコンやハードディスク、電子端末等が返却されるため、引き取りに行くようにとのことだった。

途中からサポートしてもらっていた北田法律事務所の竹橋弁護士が、付き添ってくれた。穏やかで優しい雰囲気の、安心感を与えてくれるタイプの弁護士だ。

今回の件で、弁護士にも、それぞれに専門分野、得意分野があることを知った。

確かに、医者でも、内科や外科、耳鼻科や歯科など、明確に分かれているし、眼科医に整形外科手術は行えない。

そう考えると、納得がいく。

初期段階では、若いエリートで切れ味の良い杉田弁護士が、適任であったと思う。

彼には、上杉病院グループ顧問の廣田弁護士が、僕の検察調べを中断させて退職を強要した時にも、迅速に対応してもらった。

その後、刑事事件専門の北田弁護士に引き継ぎ、その事務所の竹橋弁護士に、こうして事後のフォローをしてもらっている。

後述するが、現在、地位保全に関する委任をしているのは、ベテランの社会派弁護士グループである。

大阪港にあるビルの一室を訪ねた。

コンクリートの何の飾り気も無い館内には、待合の椅子一つ無かったが、何故か「ゴッドファーザーのテーマ曲」が流れていた。

竹橋弁護士と、思わず顔を見合わせた。


大部屋にはいくつものデスクが並び、雑然とした様子は、よく映画やドラマで見る刑事課の雰囲気そのもののようだった。

入り口で要件を告げると、奥から、税関チームで「上席」と呼ばれていた高井氏と、取り調べにあたっていた学生風の捜査官が出て来て、小部屋に移動した。


高井氏は、昔ながらの人情刑事タイプで、この日はスーツ姿に髪をきちんと後ろでまとめて行った僕の背中をポンポンと軽く叩き、

「なんや、スーツ着て」

と笑った。

そして、最後には、

「仕事に復帰して落ち着いたら連絡くれよ」

と見送ってくれた。

2018年10月19日金曜日

この前日に、自宅に、迷彩服上席捜査官から電話があった。一瞬、背筋が凍り付きそうだったが、「押収したサプリメント等を返却するので取りに来るように」との連絡だった。

パソコンや電子機器類は税関チームの管轄、サプリメント等はキンマの管轄、ということのようだ。

やはり竹橋弁護士に付き添ってもらった。

迷彩服と、無表情ノッポの対応だった。

容器に入ったサプリメントやハーブティー等は、そのまま返却され、一点一点確認しながらサインをしたのだが、プロテイン粉末の付着したままのプラスチックスプーンや空袋、使用済みのティッシュペーパーまでが、証拠品として、丁寧に、透明ジップ袋に入れられ、一つずつ番号シールが貼られていたのには驚いた。

そして、それらについては、「破棄の同意書を書くように」とのことだった。

「こちらで破棄する」と言われても、そうした物を残しておくのは気持ちが悪い。

「後から調べてみたらまた新たな成分が出た」ともされかねないという恐怖心が、あの取り調べ時のフラッシュバックと共に湧き上がってきた。

竹橋弁護士は、それを察知して、

「全て返却してください」

と伝えてくれた。

ところが、捜査官は、2人して、それを何とか覆そうと説得にかかった。

曰く
「帰り道で、もし、警察から声かけられて、このスプーンを持っていたら怪しまれるやろ」

いやいや、もうとうの昔に、これらの検査は済んでいるはずでは?

そもそもそういうシチュエーションが有り得ない。

何故そこまで拒むのかは理解できなかったが、竹橋弁護士のネゴシエートにより、無事に全て回収して、帰路に付いたのである。

２０１８年１０月２１日日曜日

わが家は、オヤジの散髪も、本人のヘアカットも、オカンが自ら行っている。

じつに経済的だ。

僕は、かつては、ちゃんと散髪屋に行っていたのだが、職場でハラスメントを受け始めた頃から、精神的にも時間的にも余裕が無く、もはや肩甲骨下あたりまでの長髪となっていた。

この日、オカンの手により、この髪はカットされ、小児癌患者のためのヘアードネーションとして送られた。

わずかでも、どこかの誰かの笑顔の一助となっていればと願う。

２０１８年１０月２６日金曜日

兄貴の自宅に、［業務命令書］が、内容証明郵便で届いた。

兄貴は、上杉病院グループの本部で、データーサイエンティストとして、統計分析業務を行っていた。

業務内容の特殊性と、株式会社Rでの代表を兼任していることから、勤務形態はフレキシブルで、病院グループからデーターが上がってくる月の後半には、休日も朝夜も無く分析作業に専念するが、月前半には、病院担当者からの質問に対応する程度である。

そして、パソコンがあれば場所は問わず作業できるため、病院内ではなく、自らの会社内で行っている。


株式会社Rは、オヤジが学生ベンチャーのはしりとして30数年前に起こした［ホルター心電図解析業務を請け負う］もので、しかし家内制工業に近い、ごくごく小さな会社であるから、営業や経理から職員管理、クレーム対応迄、兄貴がほぼ1人で行っている。

僕達は、一応、理事長の縁戚でもあるため、病院グループの就業規則に囚われず、そうした業務形態が黙認されていたのである。

ところが、その業務命令書には、
［翌営業日から、病院本部に出勤し、午前9時から午後5時30分迄、デスクに就いて業務

を行う事」

とされていた。

「副業を禁止している病院の就業規則に従うように」

との趣旨である。

当然ながら、それでは自分の会社の業務はほぼ行えないこととなり、現実的に、対応不可能であることは、言うまでも無い。

約6年もの間、一切の遅延もミスも無く、真面目に業務を果たしてきた兄貴にとって、まさに「青天の霹靂」である。

病院側と廣田弁護士からは、兄貴とオカンに対して、僕の退職届を出させるようにとの圧力があったが、それに応じなかったための、報復的措置に他ならない。

2018年10月29日月曜日

前日の内容証明郵便への対応を、弁護士に相談しようと話し合っていたところ、病院グループ本部の井本事務次長から、兄貴のiPhoneに、直接電話がかかった。

「現在、病院グループに税務調査が入っており、タイムカードの無い者の勤務実態が認められないため、退職していただけませんか？」

とのことだった。

株式会社Rも、病院グループ兼取引先として反面調査を受けており、税務官が出入りしていたため、兄貴は、彼らに、その旨を確認した。

「我々は、納税が適切に行われているかを調査するだけで、個々人の勤務に関して、個人に影響が出るような介入は、絶対にしません。また大内光司さんについては、病院に対する提出物等から、勤務実態有りと判断しています」

との返答を受けた。

2018年10月30日火曜日

弁護士事務所宛に、大阪地検から［不起訴通知］が届いた。

不起訴は既に決定済みのために、僕は、釈放されていたのだが、その理由・内容については、「通知が来る迄わからない」と聞かされていた。

結果は、「嫌疑不十分による」というものだった。

これが「起訴猶予による」とされた場合は、「嫌疑はあったが、今回は、情状酌量の余地有りとして、起訴しないでおく」等といった状態を含むため、同じ不起訴でも、意味合いが全く違ってくるのである。

いくら自分が「完全無罪である」と主張しようとも、捜査側の胸先三寸で、いかようにも出来るということは、身をもって知った。

それだけに、通知が来るまでは、恐怖心を拭い去ることができなかった。

今も、夢でうなされることがある。

2018年11月5日月曜日

オカンが、京都弁護士会へ、廣田弁護士の懲戒請求申請を提出し、受理された。

ミジンコなりに、シロナガスクジラに抗議し名誉を回復する術を、あれこれ考えた結論だった。

また、同じ日、僕は、懲戒解雇に対する異議申し立てのために、法律事務所を訪れ、弁護士に委任をした。

２０１９年２月２５日月曜日

京都地方裁判所に、正式に、提訴を行った。

釈放から４ヶ月半程経つが、未だに懲戒解雇は撤回されず、つべこべと通知が届く。

むしろ、日が経つにつれて、僕は、鬱症状やフラッシュバックが強くなった。

幸せそうな人や、普通に働く人々を見るだけで、涙が出そうになる。

えぐられ傷付けられたままの僕の記憶や尊厳に、塩を塗り込むような行いを、手を緩めること無く冷淡に続ける上杉病院グループは、一体、何の目的、メリットがあるというのだろうか。

２０１９年３月７日木曜日

第1回弁論準備期日を迎え、弁護士間で、書面が交わされた。
ここで、僕の懲戒解雇を決定した［賞罰委員会］の議事録が提出され、２０１８年９月１６日の記述に繋がるのである。

２０１９年３月２８日木曜日

京都弁護士会・綱紀委員会から、オカンが２０１８年１０月に提出した［廣田弁護士に対する懲戒請求］に対し、［懲戒にあたる事実は認められず、審議せず］との［決定書］が、郵便で届いた。

廣田弁護士が、［相手方］である事実や、杉田弁護士からの陳述書があるにも関わらず、何ら審議せずに却下されたのである。
おそらく、素人の拙い申請書を提出したことが一因であったのだろうと考え、オカンは、現在委任している福井弁護士、小野寺弁護士、筑井弁護士に相談し、弁護士から、直ちに、日本弁護士連盟に上申してもらうことを決めた。

2019年4月1日月曜日

元号が、「平成」から「令和」へと変わった。

「昭和生まれ」の僕は、本来、もっと社会に貢献しているはずの人生設計であったものの、現状の我が身を憂うばかりである。

2019年4月26日金曜日

翌日からゴールデンウィークが始まるこの日の夕刻4時頃、兄貴の自宅宛に、内容証明郵便が、8通同時に届いた。

差出人は、いずれも、上杉病院グループの各病院と、上杉祥和理事長または祥士理事長、中井総務部長であり、内容は

「株式会社Rに対するホルター心電図解析業務の契約を打ち切る」

というものだった。

兄貴が代表を務める株式会社Rは、収益のほぼ半分を、上杉病院グループ病院からの発注で得ていた。

中小企業において、大口顧客からの業務を切られるということは、たちまち倒産の危機に直面するということを意味する。

兄貴は、職員の雇用を守り、給与を遅延無く支払うために、自らの報酬を月額6万円とすることを決断した。(ゼロにするつもりでいたが、顧問税理士から、それでは社会保険が喪失し、年金も切り替えなければならないので大変だ、と忠告されたらしい)

この年のゴールデンウィークは、人によっては、翌27日から5月6日迄の10連休となる曜日の配置となっていた。

兄貴一家にも、家族で旅行の計画があった。

あえてそうした連休前日の夕刻に、日時を合わせて各施設から一斉に、内容証明郵便を送り付ける必要が、どこにあったのだろうか。

しかも、それ迄は、会社関連の通知は、全て会社宛に送られており、自宅に届いたことは無い。

一体、誰の発案なのだろうか。

さらに、そのうちの1通には、会社宛契約切りの書面と一緒に、
［伏見総合病院（遠方のグループ病院）へ、翌勤務日から出勤し、午前9時から午後5時30分迄デスクに就いて業務すること］
との旨の［業務命令書］のみならず
［貴殿は当病院グループに貢献していないため、業務命令に従えないのであれば、退職を奨める］
との文書、ならびに
［退職届用紙］
［上杉祥士理事長宛の宛名を記載し、切手迄貼った返信用封筒］
が、同封されていた。

郵便を受け取ったのは、兄嫁で、その心中は、察するに余りある。

連絡を受けた兄貴は、すぐに、病院グループ本部の中井総務部長に、電話で抗議をした。

「私が病院に貢献していないと書かれているようですが、毎月100ページ以上の報告書を提出しているのを、中井総務部長はご存知ですよね、私が毎月提出しているレポートの

送信先リストには、中井総務部長のお名前もありますよね」

兄貴は、込み上げる怒りを何とか抑えて、中井部長に伝えた。

「ああ、そうですね」

と、とぼけた口調で、彼は応じた。

「私が病院に貢献していないので退職を奨めると、書かれています」

「そんな書き方はしていないと思いますが」

「書かれています。書面は、法人である病院と、祥士理事長と中井総務部長のお名前で書かれていますが、ご存知無いのですか？」

「そうでしたか」

「中井総務部長が書かれたのでは無いのですか？しかも、こんなにも大量の内容証明郵便を、妻が受け取り、どれ程の恐怖を味わったと思われますか？ご自分のご家族が、こんな目に遭ったら、どんな気持ちになりますか？」

「えーと、私は、よくわかりません」

「中井総務部長のお名前が記載されていますよ、あなたが書かれたのでは無いのですか？」

「それは・・・廣田弁護士に、お任せしていますので」

「それでは、廣田弁護士が書かれたのですか？理事長とあなたの名前で」

「いや、文書作成はお任せしたということです」

「退職届用紙も同封されていましたね。よくこんな事が平気でできますね、万一書くとしても、一身上の都合とは、絶対に書きませんから」

「あ、退職届、書かれるんですか？今、言いましたね？退職届、出されるんですね？ではすぐに、理事長に報告します」

中井総務部長は、それ迄のとぼけた口調から、急に闊達に切り返してきた。

「出すとは言っていません。家族の人生にも関わることですから、周囲とも相談して、熟考して決めます」

まだ何か言おうとした中井総務部長を無視して、兄貴は、電話を切った。

2019年5月7日火曜日

兄貴は、ゴールデンウィークが明けるとすぐに、退職強要に関する相談のため、京都労働基準監督署に出向いた。

しかし、窓口の嘱託らしき担当者は、兄貴が会社経営を兼務している件を指摘し、

「あなたの立場は、就業規則に基づかないものですから、やむを得ませんね」

と、さほど真剣に話しを聞く様子も無かった。

そのため、兄貴は、さっさとその場は切り上げ、その足で、京都労働局へ移動し、同様の相談を行った。

こちらの担当官は、真摯に話しを聞いてくれたものの、やはり

「これは完全な退職強要にあたるものの、あなたの勤務形態は、就業規則には基づかない特殊事例ですので、私達は介入できません。弁護士に相談なさる方がいいでしょう」

とのアドバイスを受けるに終わった。

そのアドバイスに従い、4月26日に届けられた［警告書］に関して、速やかに、弁護士から

［「貴殿は当病院グループに貢献していない」との文書は、事実誤認であり、求釈明する」

との通知を送付してもらったにも関わらず、病院側からは、その後、一切何の返答も無いまま、相変わらず、現場担当者からは、レポート作成用のデーターが、何ごとも無いように送られてきており、兄貴は、何ごとも無いように対応していた。

２０１９年５月２０日月曜日

霹靂の事態から抜け出られないまま、３４才の誕生日を迎えた。

虚しい・・・

２０１９年６月２０日木曜日

愛車のマツダCX５を売却した。

ニコン機材一式を積んで、僕と一緒に旅をしてくれた車だった。

捜査官に尾行された車でもある。

多くの記憶と共に、手放す決断をした。

２０１９年６月２１日金曜日

兄貴の自宅に、今度は、「今月より無給にする」との内容証明郵便が届いた。

［6月28日に貴殿の賞罰委員会を開催する。意見があれば、出席して述べること］
との通知も、同封されていた。

いやそれ、順番間違ってないか？
仮に正当な理由があったとしても、まず賞罰委員会を開き審議してから、給与支給停止を決定するものだろう。

弁護士からは、
［給与支給停止は不当であるので、実行しないように］
［賞罰委員会の開催日時を、弁護士が同席できるように調整してもらいたい］
との旨を、通知してもらった。

それにしても、一体、誰がここ迄酷いシナリオを考えつくのだろうか。
兄貴には、まだ小学生と幼稚園児の子供がいる。
株式会社Rへの発注を切られてから、自らの給与は月額6万円としている。手取りにすると、1万数千円だ。

そのことを知らずとも、普通は、会社が保たないと想像は付くだろう。

その上、病院の給与も切るということは、どういうことか。

彼らの辞書には、「代理創造能力」という言葉は、一欠片も存在しないのだろう。

2019年7月5日金曜日

兄貴の自宅に、「懲戒通知」が、やはりまた内容証明郵便で、送られてきた。

弁護士を通して、「弁護士が同席できるよう日程調整をしてもらいたい」との通知を送付したにも関わらず、それには一切返答もしないまま、またこちらへの連絡も無いまま、予定通りに、賞罰委員会を開催したらしい。

そこで「兄貴の懲戒」を決定したようだ。

僕の時と同様に、確定してもいない虚偽の罪状を作り上げ、あらゆる部所から集めたメンバーに披露し、私刑求刑したのだろう。

「もはや相手の常識や良心に期待する段階は過ぎた。そもそも8通もの内容証明郵便を送り付けて来たことにしても、受け取る側としては、カミソリを入れた封筒を送り付けられたのと同じインパクトを持つものだ。家族がどれ程、怖い思いをしたと思ってるんや！」と、兄貴も、5月に受けた労基からのアドバイスに従い、訴状を提出することとなった。

2019年7月16日火曜日

京都地方裁判所において［弁論準備手続き］が行われた。

裁判というのは、最初から法廷で、原告と被告が、丁々発止と主張の応酬をするものかと思っていたのだが、実際は、殆どの民事裁判においては、［裁判の初期段階において、当事者間での争点を明確にし、証拠を整理する］という作業を、［口頭弁論期日前］に、裁判官と、双方の代理人とで行うらしい。場所も、法廷ではなく、円卓の置かれた小部屋である。

そしてこの日、オカンが京都弁護士会に廣田弁護士の懲戒申請をして却下された［決定書］が、相手方の証拠として、提出された。

その［決定書］の添付資料として、廣田弁護士側から提出された［上杉病院グループ会長が京都弁護士会に宛てた陳述書］があった。

読んで驚愕した。

そこには、

［縁戚である大内ちひろは、虚言と勘違いで、廣田弁護士にご迷惑をかけているので、話しを聞かないでください］

［懲戒解雇の決定をしたのは、会長である私・上杉祥夫と、祥和理事長、祥士理事長であり、廣田弁護士は関わっていません］

［廣田弁護士は、当グループにとって非常に信頼している人物であり、検察に身分を偽り退職強要する等の行為をするはずが無ければ、する理由もありません］

と書かれていた。

オカンは、すぐに、会長に近しい縁戚の女性に相談し、縁戚の女性は、会長に、それを見せた。

会長は、読むなり

「こんなものを、私が書くはずが無い！署名もした覚えは無い！」

と激高した。

ところが、その翌朝、会長から縁戚の女性に電話で、

「やはりあの署名は、私がしたものだった。嘘をつく結果となって申し訳ない」

との謝罪があった。


一体誰が、会長に、そんなことを言わせたのだろうか。

今どき、ローカルTVドラマでも、こんなに陳腐でわざとらしいシナリオなど書かないだろう。


ただ一つ、わかったことがある。

京都弁護士会の綱紀委員会は、地元の名士である会長の書いた、この陳述書に［忖度］して、廣田弁護士への懲戒請求申請を、却下したのである。

オカンには、かける言葉も無い。

2019年9月26日木曜日

労働基準監督署から、兄貴に電話があり、
「上杉病院から、あなたに対する懲戒解雇予告手当免除申請が届け出されましたが、了解されていますか?」
とのことだった。

兄貴は、寝耳に水で、その様に答えると、逆に、電話口の男性の方が驚き、詳細な話しを聞きたいとのことだった。

2019年9月27日金曜日

兄貴は、労働基準監督署からの求めに応じて、これまでの経緯を述べると共に、既に訴状を提出している旨を告げた。

おそらく上席と思われる担当者は、
「病院からの申請を受理せずに、裁判に任せましょう」

と決定してくれた。

2019年10月11日金曜日

未だに、時折蘇るフラッシュバックや鬱症状に悩まされ、家に居ることの多い僕を、オカンは、何とか理由を付けて連れ出してくれる。

僕は、大きなリュックにニコンの機材一式を収納し、腰には2台のフルサイズ一眼レフを装着するという出で立ちで出かける。

人から見れば、おかしなコンビだろう。

以前のオカンは、人前に出るのが何より苦手で、発言も必要最小限であった。

あの［青天の霹靂］以来、人が変わったように思える。

不整脈は常態化し、継続して投薬治療を受けているが、むしろ以前より活動的になった。

先日、カトリック教会のミサに参列した時に、

「私は、しばしルシファー（堕天使）となることをお許しください」

と告白したらしい。

するとと周囲から
「いやいや、ルシファーではなく聖ミカエルとなってください」

と言われたそうだ。

聖ミカエルは、背に大きな翼を持ち、右手には剣、左手には、人間の魂の公正さを測る秤を携えている。

「という訳で、私の洗礼名は、優しい聖マリア様と聖モニカ様からいただいているんやけど、しばらくは聖ミカエルのご守護をいただくことにするわ」

と、「戦うオカン宣言」をした。


一方、僕は、まだ「象の杭」の呪縛から逃れられずにいる。


小さな象を繋ぐ杭と、大きな象を繋ぐ杭は、まったく同じ物だという。

子供の頃に「頑張っても無駄だ」と思い知らされると、成長して力強くなってもずっと「頑張っても無駄だ」と思い込んでしまうからだ。

同じように、人間を形造る過去の束縛は計り知れない。

杭に繋がれた大きな象に、「君はそんな杭なんて簡単に引っこ抜けるんだよ」と教えてあげたとして、果たして象は意気揚々と逃げ出すだろうか。

杭の外の、未知の世界に突然飛び込むよりも、杭の中の、狭いけれど長年見知った世界に甘んじる方を選ぶかも知れない。

人は現状より悪くなる事を恐れる一方で、現状より良くなる事をも密かに恐れている。

個を不自由にするこうした思い込みや恐れは、全て脳内の幻想にすぎない。

［自我］や［世界］に対する妄想が、人を無力に不自由にする。

そうした妄想を抱くことなく適切に［行動］することによって、物事を変えるチャンスを、誰しもが持っている。

世の中には数多くの先入観、集団的妄想が渦巻いているが、最終的に人を定義付けるのは現実の生き様であり行動に他ならない。

少なくとも自分自身についてはそうでありたいと考えてきた。

しかし、２０１８年8月２８日のあの日以来、僕の中では、その考えそのものが打ちのめされ、凍てついたままとなっている。

２０１９年１１月１１日月曜日

己の人生を生きよ 決して恐怖に心侵されることなく
全ての人に敬意を示し 誰にもへつらわず ひれ伏すな
万人の価値観を尊重し 自分の価値観にも万人の尊重を求めよ
信仰や信念を理由に 他人を苛ませてはならない
誰に対しても 何に対しても 虐げをしてはならない
虐げる行いは 賢者をも愚者に堕としめ 高貴な精神を奪い去る
長く生き 大切な存在のために尽くせ
人生を愛し満たすべく努め 自らの周りを彩れ

毎朝 その日の糧と 生きていることの喜びに 感謝せよ
臨終に際しては 死の恐怖に囚われた者になるな
まだ時間が欲しいと後悔し嘆く者になるな
賛歌を口ずさみ 英雄の帰還するが如く 逝くがよい

~ティカムサの詩

So live your life that the fear of death can never enter your heart.
Trouble no one about their religion; respect others in their view, and demand that they respect yours.
Love your life, perfect your life, beautify all things in your life.
Seek to make your life long and its purpose in the service of your people.
Prepare a noble death song for the day when you go over the great divide.
Always give a word or a sign of salute when meeting or passing a friend, even a stranger, when in a lonely place.

Show respect to all people and grovel to none.
When you arise in the morning give thanks for the food and for the joy of living.
Abuse no one and no thing, for abuse turns the wise ones to fools and robs the spirit of its vision.
When it comes your time to die, be not like those whose hearts are filled with the fear of death, so that when their time comes they weep and pray for a little more time to live their lives over again in a different way. Sing your death song and die like a hero going home.
~ A Poem by Chief Tecumseh

２０１９年１２月３１日火曜日

令和元年最後の日、大きなニュースが報じられた。

このほぼ１３ヶ月前に［金融商品取引法違反］ならびに［有価証券報告書虚偽記載］の容疑で逮捕され、保釈中の身であった、日産自動車・元会長のカルロス・ゴーン氏が、２９

日に日本を脱出し、レバノンに入国しているというものだ。

彼は、1999年、当時、経営破綻状態だった日産自動車の最高責任者に着任後、大規模なリストラを断行し、不採算部門は躊躇無く切り捨てる等の改革を行い、見事に会社を再生した。

一時はその経営手腕を称えられたが、切られた立場からすれば、まさに青天の霹靂であったろうし、彼らは暗転した人生を乗り切っていけただろうかと、胸の痛みを感じざるを得ない。

しかし、ゴーン氏の逮捕・起訴に関しては、司法取引があったのではないか、国策捜査ではないか等、取り沙汰されてきた。

ゴーン氏は、

「私は今レバノンにおり、もう二度と、［推定有罪］有りきの異常な差別と人権侵害が横行する、日本の不正な司法システムの人質となることはありません」

と宣言した。

彼を擁護するつもりは全く無いが、もっともらしくその罪を解説する評論家達の言葉は、いずれも虚しい。

これは、体験した者にしかわからない。

例えば、何人かの逮捕経験者の有名人らが、堰を切ったように、「人質司法」等への体験や思いを語り始めた。

彼らも、これまでは、少なくとも表層意識においては、自分の中で折り合いを付けてきたであろう記憶が、封じ込めたと認知していた呪縛が、心の奥底から湧き上がってきたのだろうと察する。

後日、ゴーン氏の弁護人2名に対し、東京弁護士会に懲戒請求が提出された。

「保釈中の被告を故意か重過失により出国させてしまったことは、保釈条件違反であり、その管理監督義務を懈怠（けたい）する行為」

「本人がブログで書いた意見は、違法行為を肯定、助長し、弁護士としての品位に反する行為」

とのことである。

請求者が誰かは知らないが、国や世論に忖度して、重い懲戒が決定されるようなことの無きように願う。

彼らは、その根本に、依頼人を守るという職業意識があった上での行いである。

一方で、相手方を陥れるために検察に身分を偽った弁護士の所業が、また依頼人を裏切り相手方に阿った弁護士の行いが、何らかの忖度により「懲戒には値しない」と決定されるのであれば、この国の弁護士会の存在意義など、無いだろう。

南アフリカ共和国の故・ネルソン・マンデラ大統領の格言にある。

「刑務所に入らずして、その国家を真に理解することはできない」

It is said that no one truly knows a nation until one has been inside its jails.

2012 0年元日

新しい年を迎えた。

あの「青天の霹靂」から、僕の人生において、もはや足掛け3年もの時が流れた。

Life goes on. All that matters.

Whatever the world around you, YOUR LIFE goes on. Thirst for justice, crave for equity, desperate for other to realize what harms they are doing to other fellow human beings and understand each other. But in the World. Bad in the World.

Life goes on whatever the world and that's the only HISTORY in the world there is to each. One and only that matters to each.

Good Job Being Here. Heartily Respect You All.

風の記憶

〜これは、名も無き一個人の稀有な体験を、丹念に蒐集した母の記録である〜

一年前の今、何を悩んで
五年前の今、何に苦しんで
十年前の今、何に怒っていたの？
あんまり、覚えてないでしょ
あたりまえだよ
全ては風化していく

でも
今の悩みは、十年後に幸せをたっぷり抱き込める心の深さとなって
今の苦しみは、五年後の心のしなやかな強さとなって
今の怒りは、一年後にもっともっと前へ進むための追い風になって
確かに僕の中に息づいて、今も守り導いてくれるんだ
だから、今日も自分の魂に祈る

どうか、どうか
どんな時でも、自分を見失わないように
今、心をかきむしる激しい嵐の中でも、堂々と飛び込めますように
今の全てに、感謝できる人間でい続けられますように

どうか、どうか
今の苦しみが、いつか誰かを支える力になれますように

（２０１０年　２６才時のブログより）

［２００３年春］

１９歳の春、生まれて初めての一人暮らしを、東京でスタートした。
大学に進学しても、京都の実家から通う予定だったが、縁あって東京の大学に入学が決まり、私としては、想定外ではあったが、親元を離れることとなったのである。

武蔵小杉の駅から歩いて15分程のワンルームマンションの2階に住むこととなった。窓のすぐ前に、隣家のシュロの木があり、その後東京を離れる8年後には、窓枠の上部をはるかに超える程に成長していた。

初めて渋谷のスクランブル交差点を歩いた時には、人の波が四方八方から押し寄せて来るようで、戸惑った。

しかしやがてすぐにその人波にも慣れ、幸い、親からの仕送りの範疇で真面目な学生生活を送っていたため、アルバイトに追われる事もなく、授業には全て出席し、単位も落とさず、修士課程を卒業して社会人経験をする迄を過ごした。

一人暮らしを始めて間もない頃、母が、観葉植物の鉢植えを持って来てくれた。結構な重さのあるトックリランだったが、新幹線で抱えて持って来たとのことだった。「植物には心があるから、寂しい時には、話しかけてごらん」と、スピ系の母は、そう言いながら、殺風景なマンションの窓辺に、鉢を置いた。

8年近くの東京暮らしを見守ってくれたそのトックリランは、その後、実家に戻る時に一緒に連れ帰り、結婚後は、妻子と暮らす家のリビングルームで、今も静かに見守ってくれている。

考えてみると、もう17年も、人生を共に過ごしているのだ。

学生時代、当時は飛ぶ鳥を落とす勢いであった新進気鋭のIT企業で、研究生として仕事をしていた。

２００６年、有価証券報告書虚偽記載の疑い、証券取引法等違反の罪等で、そのIT企業法人と、当時の取締役らが起訴された。

会社が捜索を受けた直前迄、私は、六本木ヒルズの、ほぼワンフロアーに広がるオフィスに、学校帰りに通っていたのだが、ちょうどその直前のタイミングで退職をしたところだった。

今思えば、ふわふわとした、まさにバブルの夢のような時代だった。

その後は、そのまま大学院に進み、卒業後は、IT会社に就職、１年後には、米国資本の再生医療ベンチャー企業に転職した。

IT会社は、大手ゲームメーカー商品販売サイトの運営を主な業務としており、社長には信頼され経理も任されていたし、今も交流がある。

外資系ベンチャーに転職したのは、縁戚の医師が、その会社に在籍しており誘われたことと、IT会社の社長も、私の経歴にとっては、その方が良いだろうと、快く送り出してくれたためである。

その会社は、サンディエゴに本社があり、上司と共に何度か訪れた。

毎週、本社とネット会議が行われ、まだ充分に英語が聴き取れなかった状態で、記録係を命じられ、しんどい思いをしたが、それも今となっては糧となっている。

しかし、将来を考えた上で、私は進路を再考し、京都に戻り、京都大学の修士課程への進学を決めた。

慶應時代のメンバーも個性的な面々ではあったが、京大の同期生は、さらに、年齢も国籍も様々で、2年間は、瞬く間に過ぎた。

その間に、結婚もし、卒業式には、妻と、まだ生まれて間もない娘も、参列してくれた。

2013年春、大学院卒業後は、縁戚の者に奨められるままに、京都の上杉病院グループに就職した。

上杉病院グループでは、当時、DPCに積極的に取り組んでいた。

DPCとは、Diagnosis Procedure Combinationの頭文字をとったもので、Diagnosis（診断）、Procedure（治療・処置）、Combination（組合せ）からなる略称、つまり、［診断、治療、処置の組合せ］から分類するための指標であり、これを［診断群分類］と呼び、米国で開発されたDRG（Diagnosis Related Group）を応用したものである。

DRGは、本来、病院医療における診療サービス改善のための品質管理（Quality Control）の手法を目的としていたが、この評価プロセスから、臨床的判断と共に、人為的資源や物的資源など医療資源の必要度から、各患者を統計分析する方法が開発された。

この考え方に従い、各国がそれぞれの実態に即した形に応用したものが診断群分類となる。

日本においては、独自の臨床的類似性と資源消費の均質性に基づいた患者の分類をDPC＝診断群分類とした。

上杉病院グループに就職後は、その統計分析のエキスパートである古本正洋氏に、弟子入りをした。

彼は、まさに私にとってはメンターとしての出会いとなり、統計分析のイロハを徹底して教え込まれたのみならず、その飄々とした仙人のような無欲な生き方、人間に対する洞察力などは、常に新鮮に感じられ、学ぶべきことの多い存在であった。

残念なことに、彼は、２０１５年に、肺癌により鬼籍の人となった。

その命日が［統計の日］である１０月１８日であったのは、最後まで美学のある彼らしい見事さだった。

今もその日が近付くにつれ、彼のことに思い至るのである。

その後は、上杉病院グループの統計分析を、ほぼ私１人で行ってきた。

あの時迄は。

２０１７年１２月２８日木曜日

年の暮れというのは、何ということも無くとも、慌ただしい気持ちになるものだ。

その慌ただしい時期に、突如、上杉病院グループの［緊急理事会・評議員会］が開催された。

招集通知を受け取った父と母は、オーナー一族と縁戚であることから、病院グループの理事を務めていた。

通常、招集通知と共に、議題と資料も同封されているものだが、その時には、確か、「就業規則の一部変更」といった内容で、何も年の瀬の忙しい時期に、わざわざ、それなりに社会的地位もあり、予定も多々あるであろう人々を集めて行うほどのものではなかった。

しかし、上杉病院グループの井本事務次長から、この日の前日に、母のiPhoneに電話があり、

「お忙しい時期とは思いますが、10分程度で済みますので、必ずご出席いただきますようお願いいたします」

と、念を押されたのである。

そのため、父は、当時勤めていた上杉病院グループ北部病院の診療時間をやり繰りし、母も予定を調整して、出席をした。

実際、理事会は、10分程度で簡単に終了した。

議長を務めていた上杉祥士理事長が、

「これにて理事会を終了します」

と告げると、皆が、広げたばかりで、さして出番も無かった書類や筆記用具をざわざわと片付けはじめた。

すると、祥士理事長から、

「続けて評議員会を開催しますので、理事会のかたは速やかにお帰りください。ただし、見学されたいかたは、ここに残っていただいて結構です。議題は、大内ちひろ理事、解任の件」

との言葉が発せられた。

一瞬、皆の動きが止まった。

が、父と母を除くメンバーは、またすぐに、何事も無かったように装い、そそくさと部屋を後にした。

母は、隣に座っていた父に、

「今、大内ちひろ解任て、言わはった?」

と小声で聞いた。

「そう言うたな」

　父も低く答えた。

　理事会メンバーがほぼ退室したところで、井本事務次長が、数人のスタッフを指示しながら、バタバタと、長机の配置を変更した。
　父と母は、為す術無く、その場に座ったままだったが、彼女から
「大内先生、奥様、申し訳ございませんが、こちらに移動していただけますでしょうか」
と声をかけられ、会場中央辺りに席を移した。

　すると、隣室との仕切り壁が、ザーッと開けられた。

　驚いたことに、隣室には、既に17名の評議員が、立ったまま待機していたのである。

　坂田参与が、

「皆様、名札と資料の置いてあるお席に、お着きくださ～い」

と、甲高く声を張り上げると、彼らは、ぞろぞろと動いて席に着いた。

　メンバーは、約半数が、上杉病院グループの施設長や事務長、看護部長、後の半数は、外

部委員で、理事長の友人の小泉病院理事長、西病院理事長の他、八橋神社禰宜、洛皇神社宮司、丸山生糸理事、町内会長婦人等の面々であった。

状況が掴めないままの両親は、普段なら普通に挨拶を交わす顔見知りの評議員達の顔ぶれを、ただ呆然と眺めつつ、指示された席に座ったままだった。

井本事務次長が

「これより、評議員会を開催いたします。議長は、渡利事務長にお願いいたします」

と、マイクを手にして告げると、渡利事務長が、おもむろに、

「では評議員会を始めます。議題は、大内ちひろ理事、解任の件」

と、書面を手にして読み上げ始めた。

渡利事務長の議長席に並んで、上杉病院グループの上杉祥夫会長、祥和理事長、祥士理事長が、そしてそのすぐ後ろの席には、病院顧問の廣田弁護士が、着席していた。

冒頭、議長である渡利事務長が、

「本会議は、評議員会ですので、理事のかたは、発言できません」

と告げた。

つまり、父と母には、発言権が無いと、釘を刺されたのだ。


続いて、大内ちひろ、こと、私の母の罪状が、蕩々と読み上げられた。

どうやら、母が、弟が受けていたハラスメントの件で、看護師に書き送った手紙が問題とされ、院内名簿にあったその彼女の住所を勝手に使ったことが、［個人情報保護法違反］にあたるため、［有罪と認定し、解任する］という趣旨であったらしい。

当然ながら、何らかの法的な罪が確定していた訳ではなく、手紙の内容も、誰を責めるというものでも無く、親の心情を述べただけのもので、そもそもそんな事で人を罪に問えるのか？という浅はかな内容ではあったが、法律用語を羅列し、実際には殆ど意味を成さない判例や条文を、素人にはどうせわからないであろうとプレッシャーをかける意図であると推察するが、議長が、長々と読み続ける状況が続いた。


その間、評議員メンバーは、皆、水を打ったように静まりかえっていたが、母は、一言一句が鋭く心を切り裂くような、痛みを感じ続けていた。

約30分もの間、読み上げが続いた後、裁決に入った。

議長が、

「何かご質問のあるかた」

と問うと、父が、挙手した。

「最初に申し上げた通り、理事のかたは発言できません」

議長は制した。

「いやしかし、この評議員会は、適法ではありません。私達には、何の事情も聞かれてはいません。皆さん、どなたか私に質問してください。何でも答えますよ。それに答える形であれば、発言は可能でしょう?」

父は腕を広げながら問うたが、誰一人、発言する者はいない。

唾を飲む音が響きそうなほどの、静けさだ。

会長、理事長らも、無表情のまま、成り行きを眺めている。

「ご質問も無いようですので、採決をとります。大内ちひろ理事の解任に、賛成のかたは、挙手をお願いします」

議長の声に、殆どの者が、躊躇無く、挙手をした。

母からすれば、その顔ぶれの中には、日頃親しく会話を交わしている知人も多い。

母の人となりを知っているはずだ。

「その人達が何故・・・」

との思いであったに違いない。

ただ1人、町内会長婦人の中田さんは、両腕をしっかり組んだまま、首を横に振っていた。

しかし、隣席の町内役員の男性に、何か声をかけられ、半分だけ挙手をし、それを目の片隅で確認した議長は、

「全員賛成ですね」

と、即座に採択した。

後日、数ヶ月程経ってようやく気持ちも落ち着いた頃に、母が知人に、この話しをすると、

「ちひろちゃん、よう黙ってたね。私なら、その場で泣き喚くわ」

と言われたらしい。

元々、母は、外では感情表現が苦手で、自ら発言することも無い性格だった。

それだけに、誰が何のために、何の力も無い母を、こうしたサディスティックな形で、突如、まるで騙し討ちのように排除するなどというシナリオを書いたのか、この時は、全くもって理解ができなかったのである。

採決の後、言いようの無い、重苦しい空気が流れ、その沈黙を破るように、中野経理部長が、

「議長、この議事会資料は、回収されないのですか?」

と、挙手しながら半分立ち上がり、議長の指示を待たずに発言した。

その様子は、まるで、学芸会でリハーサル通りに間違いなく演技をしようと焦っている子供のようであった。

議長が、

「あ、皆さん、資料は回収しますので、その場に置いたままにしておいてください。番号が振ってありますので、どなたに配布した物かわかりますので」

と、取って付けたように答えた。

「資料を回収するのは、おかしいのではありませんか?通常は、前もって配布するべきも

のですが、今日いきなり配布され、皆さん、隅々迄目を通す時間も無かったのではありませんか?回収はしないでください」

と、父が発言すると、坂田参与が
「今回は、回収いたします」

と、いきなり立ち上がって、素っ頓狂な声で答えた。

「何故ですか?」

と、食い下がる父に、後ろから廣田弁護士から耳打ちをされた坂田参与は、

「今回は、こちらの都合上、回収いたします」

とだけ、繰り返した。

そのやり取りを断ち切るように、議長である渡利事務長が、

「これにて閉会とします」

と宣言した。


母は、ただショックの余り、評議員会の冒頭から、一言も発せず硬直して座ったままだったが、委員会の面々が、会長、理事長に、愛想笑いで挨拶をしながら退室してゆく景色を、ぼんやりと眺めていた。

その一方で、スタッフが、資料を回収していた。

両親の前に、資料を抱えた井本事務次長が回って来た時に、父は、

「酷いことしますね」

と、一言、感情を抑えて伝えた。

彼女は、硬い表情のまま、こちらを一瞥もせず、黙って資料だけ回収していった。


この日は、官公庁が、年末年始の休日に入る前の最終日だった。

裁判所はもちろん、多くの弁護士事務所も同様だった。

その後の、病院側の、繰り返される手法の特徴から、

「この時も、あえてこの日を選んだのだな」

と、後日、確信したのである。

2018年元日月曜日

元日には、例年通り、私達家族と両親とで集い、おせちと白味噌雑煮をいただき、和服姿で下鴨神社に初詣に出かけた。

4日前の異常な裁判擬きの出来事について、両親は、何も口にはしなかった。妻が作った雑煮を啜め、孫達と、いつものように笑顔で遊んでいた。普通であろうとしているように見えたが、やはり憔悴は隠せなかった。

2018年1月4日木曜日

母の解任から1週間経ち、正月休みも明けて、病院の事務局も通常勤務となったこの日、父は、上杉病院グループに退職届を提出した。

20年以上に渡り、上杉病院グループの中の一病院で、院長を務めてきたし、この数年は、ほぼ365日休みなく、訪問診療も行ってきた。

ここに骨を埋めるつもりで懸命に働いてきた父だったが、母に対する尋常では無い解任劇を目の当たりにし、家族を守るためには、さっさと人生プランを変更し、悪縁を断ち切ろうと考えたのだろう。

2018年2月1日木曜日

母は、株式会社Ｒの代表を務めていた。

この会社は、３０数年前に、父が、学生ベンチャーのはしりとして起こした会社である。

主として、［ホルター心電図解析業務］を生業としている。

会社を興した当時は、日本はバブル景気に沸き、医療も黄金時代だった。

しかし、バブル崩壊と共に、日本経済は、冷え込みの一途を辿り、保険点数は切り下げられ続け、かつてのような収益を上げられなくなっていた。

また、父は、その後、一時、京都大学文部教官として、国家公務員（当時）の職に就き、兼業不可となったため、母に、代表を交替していたのである。


しかし、解任劇以降、食事が喉を通らなくなった母は、メンタルクリニックに通うようになり、体重も、目に見えて落ちてゆき、会社業務を行える状態では無くなっていた。

そうでなくとも、かつての黄金時代とは違い、現在は、ごくミニマムな組織として、できることは全て自分達で行う家内制工業状態であったため、母の仕事を誰かが引き受ける必要があった。


結局、私がその任を継ぎ、この日付をもって、代表に就任したのである。

ただ、上杉病院グループの職員としての業務については、そのまま継続して行っていた。というのは、元々、師匠であった古本氏も含め、私達の業務の特殊性から、月の後半には、夜も日も無くデーター分析に明け暮れるが、月の前半は、現場からの質問に答える程度であったため、タイムカードでの管理はされておらず、フレキシブルな勤務状態であったこともあり、

しかも、パソコンがあれば、どこででも行え、自らの会社において必要な業務を遂行しながらの作業が、可能であったためである。

私達は、一応、上杉病院グループオーナーの縁戚でもあったため、両親も、兼業に関しては、長年、暗黙の了解において認められてきたし、この時にも、それについては何も言われなかった。

とはいえ、両親が、ああした形で、上杉病院グループを出ざるを得なかった状況で、私自身も、いつ迄も留まることはどうなのだろうと、悶々と自問自答する日々だった。

しかしながら、このまま統計分析業務を放り出すのは、亡き師匠に申し訳ないとの思いもあり、また、家族の生活のことも考えると、すぐに決断を下すことは、難しかった。

２０１８年２月１６日金曜日

株式会社Ｒの主業務は、先述のように、父が立ち上げた［ホルター心電図解析］であったが、ITバブルと言われた２００５年前後、私がちょうど当時、破竹の勢いであった新進IT企業に関わっていた頃にWeb事業を起こし、そして２０１７年にはメディカルエステ事業を継承していた。

メディカルエステ事業は、全く受動的に引き受けたものであった。

当時、父が、上杉病院グループ北部病院を、［法人分割して独立する］という話しが持ち上がっていた。

所謂、［暖簾分け］のような意味合いである。

北部病院は、美容外科・美容皮膚科を主力としているコンパクトな病院で、隣接するメディカルエステとは、業務上、連携を取ることが不可避となっていた。

そうした形態で、３０年以上もの間、病院とメディカルエステは一体化して運営されてきたのである。

父は、長年、上杉病院グループの別病院の院長を務めており、老人医療・地域医療のエキスパートとして一目置かれていたし、スタッフとの連携にも恵まれ、訪問診療には力を入れて、意欲的に取り組んでいた。

それだけに、いきなり美容系の小規模病院に移ることには、非常に抵抗した。

しかし、オーナー一族の善意を微塵も疑うことの無かった母が、

「良かれと思って奨めてくれてはるんやし、信じて受けましょうよ」

と、父を、懸命に説得し、グループ内に「法人分割チーム」が発足し、準備が進んでいた。

「暖簾分けの意味合い」とはいえ、父が、銀行から数億円の借り入れを起こして、医療法人を買い取るという形であるため、地銀との間で、融資の話しも進んでおり、

母の大学の同級生でもある、株式会社Rの顧問税理士・和久井所長の口利きで、かなり有利な条件を提示されていた。

ところが、ある日、突然に、その地銀の担当者から

「上杉病院グループの経理部長らから、勝手にそのような好条件を提示してもらっては困る、とのクレームが入りました」

と、辞退する旨の連絡を受けた。

やむなく、父は、飛び込みで、北部病院の隣にある地元信用金庫の窓口に相談したところ、快く受けてもらえた。

しかし、その支店から本店へと報告が上がった途端に、両親は、その上司となる人物から呼び出され、

「この条件での融資はできません。融資をするためには、上杉病院グループの銀行団の承認を得る必要がありますが、それはされていませんね」

との通告と共に、

「あなた達も理事なのですから、ご存知の上でしょう?」

と、強い口調で非難をされた。

両親にとっては、キツネにつままれたような状態である。

結局、融資の話しは立ち消えとなり、その直後の上杉病院グループ理事会で、「法人分割申請取り下げ」の決定が、行われた。

しかし、法人分割を前提として、父は、既に、長年院長を勤めた病院から、分割予定で

あった北部病院へと、不本意ながらも、グループ人事で移籍を命じられ着任しており、その北部病院と一体であったメディカルエステを、一足先に、事業譲渡されていたのである。

メディカルエステは、上杉病院グループMS法人（メディカルサービス法人）である株式会社セブンの所属であったものの、当時、事務や経理等の業務に関しては、病院総務が兼任しており、組織として自立はしておらず、事業としても、実質赤字であった。

しかし、［棚卸費用］や［契約金］などといった項目で、坂田参与から、１５００万円の請求書が届き、支払いを済ませていた。

この日、井本事務次長から、私のiPhoneに電話が入った。

祥士理事長が、今すぐに病院へ面会に来るように命じている、とのことだった。たまたま近くで業務をしていたため、指示通り、直ちに病院へ向かった。

面会室に入ると、祥士理事長は、稟議書を手にしながら、

「この企画は認められない」

と、無表情のまま、告げた。

［この企画］というのは、母の知人が運営する［QOL（quality of life）をテーマとするNPO団体］との共催で、日頃からメディカルエステと連携をしている北部病院の皮膚科医師を講師としてセミナーを行い、続いて、参加者にエステ体験をしてもらう、というものだった。

既に、NPO団体では、パンフレットも多数刷って関係各所に配布し、インターネットでも広報し、参加申し込みを募っていた。

祥士理事長は、無表情のまま、全く抑揚の無い口調で、

「君の親が、あんなことになったやろ。だから君の処遇も、いずれ考えなあかん。Rも、もうグループとは認めんし、エステにも協力はできひん。北部病院の医師を勝手に使うことも許可しない」

と告げた。

さらに、彼は、稟議書をひらひらさせながら、

「大体、人生百年時代て何や、非現実的なタイトルや」

と、その企画のテーマである［人生百年時代のアンチエイジングを考える］という文言も

批判した。

いやしかし、昨今、医療業界のみならず、あちらこちらでこのフレーズは、よく使われているし、むしろキャッチャーで良いと思うのだが・・・という言葉は、呑み込んだ。

それに、いつの間に、「株式会社Rはグループでは無い」という決定が為されたのだろうか。

メディカルエステ事業を事業譲渡される際には、坂田参与らが、非常に積極的に動いた。

今にして思えば、主業務を病院スタッフが兼任して、人件費や事務費がかかっていないにも関わらず赤字続きであったエステ事業を、早急に手放したかったのだろう。

彼は、エステスタッフに対して、自らが、数回に渡り、

「皆さん、運営がセブンからRに移っても、同じ上杉病院グループですので、雇用条件等は、一切変わりません。全くこれ迄通りです。安心してください」

との、説明を繰り返していた。

もちろん、私達も、そのように了解をしていた。

結局、既に配布されていたパンフレットは全て破棄され、予約受付はストップし、予約済みの参加予定者には説明と謝罪を行い、そのNPO団体には、多大な損失を与える結果と

なってしまった。
今も、忸怩たる思いが残っている。

２０１８年３月１３日火曜日

メディカルエステのスタッフが、結婚や家庭の事情で、複数人退職し、人材が見つかる迄は、私と妻が、手伝いに行くこととなった。

それ迄は、電話による業務連絡や経理が主となり、実際、そう度々現場に顔を出すことは無かったが、背に腹は代えられない。
男性があまり目立つのもどうかと思い、表は妻に任せて、ゴミ出し等の裏方業務を行う。
まさか自分が、エステの裏方をするとは思わなかったが、この件を機に、妻もスタッフとの距離が縮まったようで、［塞翁が馬］としよう。

２０１８年３月１７日土曜日

「メディカルエステのお客様からクレームが入った」との連絡を受けた。

インディバ（高周波温熱機器）の施術後に、皮膚の赤みがひかないとのことだ。

こうした場合、以前は、速やかに、北部病院の美容皮膚科に対応を任せた。

逆の場合も有り、北部病院美容外科でシミ取りレーザー治療をした場合、色素沈着予防と回復促進のため、メディカルエステで高濃度ビタミンC導入等の施術を行うコースとなっていた。

殆どのお客様は、今も、［メディカルエステ、イコール北部病院の一部門］と認識されているため、病院にクレームが入る。

しかし、北部病院では、

「メディカルエステは、現在は協力しておりません」

と、つれない対応をされたとのことで、非常に激昂されていた。

「病院が謝罪しないなら、施術した担当者に謝罪に来させるように！」

とのことだった。

結局、赤みは既にほぼ回復していたものの、スタッフを1人で向かわせることは出来ず、私が謝罪に伺い、約4時間も罵倒され続けることとなった。

まぁ、人生には、そんな事もある。

2018年5月7日月曜日

父は、上杉病院グループ退職後は、医師派遣会社を通して、スポットの仕事だけを受けていたが、この日、滋賀県の老人ホーム施設長のオファーがあり、見学に行った。

この後、約3ヶ月間、父は、その施設に勤めることとなった。

2018年5月14日月曜日

母の友人の紹介で、クリニック開業の話しが持ち上がった。

父は、家族の事も鑑み、慎重に考えている様子だった。

一方、私は、上杉病院グループからの株式会社Rへの圧力が、留まる所を知らず、対応に苦慮していた。

メディカルエステの協力解除に始まり、この頃には、Web部門で受注していた印刷物切りに移っていた。

そもそも、母が代表を務めていた頃に、この印刷物業務を請け負うようになったのだが、上杉病院グループの徳田担当部長から
「株式会社Rが、印刷物を請け負うことになっても、私が紹介する印刷業者を、必ず使うこと、また病院への請求は1円も上乗せしないこと」

と釘を刺されていた。

「1円も上乗せしない」など、通常の経済行為では有り得ないし、そのような要求をすること自体が、真っ当な感覚では無い。

つまり、利益無しで、御用聞きの面倒な作業だけ与える、ということだ。

嫌がらせである。

しかし、母は、世間知らずであったため、それに抗うこと無く、そんなものかと丸ごと受け容れてしまった。

その後、自社内で、デザインやデーター作成を行うように工夫し、ようやく何年もかけて、「病院グループへの請求金額を変えずに、少しは収益が出るようになった」ばかりだった。

しかし、それも束の間、印刷業務からの撤退を、余儀なくされた。

そして、この日、また突然に、私のiPhoneが着信した。

井本事務次長からだ。

「祥和理事長と祥士理事長が呼ばれているので、すぐに来てください」との連絡だった。

重い気分で病院に向かい、面談室のドアを開けた。

すると、そこには、廣田弁護士と井本事務次長が座っていた。

2人は、顔を上げ、「え!」と短く声をたて驚いた様子だったが、私も驚いた。

私は部屋を間違えたようだが、図らずも、この呼び出しの陰に廣田弁護士の指示があると、確認できたのである。

隣室のドアを開けると、両理事長は、奥に並んで座って待っていた。

2月16日に祥士理事長にも言われたが、やはりこの時にも
「両親があんな辞め方したんやし、君の処遇も考えなあかん」

と、今度は、2人が口を揃えて言った。

母が弁護士に相談している件にも触れ、

「一方で会社の業務提携を続けたままで、一方で弁護士に相談するのは、信義則違反や、どういう事か説明しなさい」

とも、口々に言った。

たった今間違えて隣室のドアを開け、廣田弁護士が待機しているのを見た事は伝えなかった。

しかし、上杉病院グループオーナーを信頼して疑いもしなかった母の解任のシナリオに、最初から廣田弁護士が関与していたのは、疑いようの無い事実のはずである。

信義則違反は、どちらなのだろう。

結局、理事長らは、この［信義則違反］という事を理由に挙げて、叱責したかったようだ。

つまり、こちらに弁護士が関わるのを、廣田弁護士が嫌い、理事長らに釘を刺させたつもりだったのだろう。

2018年5月31日木曜日

母が、正式に、京都地方裁判所へ、［地位確認］の申し立てを行った。

前年末の解任劇以降、心身の不調をきたしていた母だったが、ようやく回復の兆しを見せ、前向きに、人生を立て直す気持ちになったようだった。

廣田弁護士は、私達が他の弁護士と関わる事を、何とか阻止したかったようだが、自らは、一から十迄、上杉病院グループに関わり理事長らに指導指示を与えつつ、「君らが弁護士に関わるのは信義則違反である」と言わせる理屈は通らない。

その矛盾に、誰も気付かない事に、むしろ驚き呆れる。

２０１８年６月１６日金曜日

株式会社Ｒの事務所宛てに、内容証明郵便が届いた。
何ごとかと中を確認すると、［株式会社セブンからの通知書］というものであった。
届いた通知の趣旨としては、
［メディカルエステ事業を１５００万円で買い戻してもよいので、実際の交渉は、坂田参

与とするように」

というものだった。

母の解任劇でも、主要な役割を担っていた坂田参与は、上杉病院グループのMS法人全ての経理を、取り仕切っていた。

私達が、メディカルエステ事業を引き継いだのは、その8か月程遡った時期である。引き継いだ当初は、冷暖房設備や、毎日業務に使用するタオルを洗うための洗濯機等の備品は、かなり古いままで放置されており、スタッフの要望に応えて、それらの問題を一通り解決してきた。

そのために、かなりの費用も費やしていた。

その上、それ迄は実質赤字であった業務を見直し、スタッフからの意見を吸い上げ、新メニューを試みたり、通販サイトの立ち上げ、アナログから予約管理システム導入への変更といった改善や、そのための教育にも注力し、大きくは無くとも、安定した黒字運営への転換に、成功していた。

スタッフとの信頼関係も築けてきたと、安堵していた矢先であったし、

「何を今更」

という思いがあった。

しかも、その上から目線は、何なのだろう。

その通知の発信者は、株式会社セブン・代表取締役社長の朝子理事となっていた。祥和理事長の妻である。その直前迄は、祥和理事長自身が社長を務めていたのだが、何らかの事情で交代したのだろう。

しかし、朝子理事は、実際には、この文書のことを全く知らないのではないかと推測した。というのは、こうした文書の作成は、全て、病院顧問である廣田弁護士が担当していることは周知の事実であったし、母の解任時に、渡利事務長が漫然と約30分もかけて読み続けた、法律用語や判例を無意味に盛り込んだレジュメも、その文言の使い方の特徴から、彼の作成であったと、両親は確信していた。

この時の、上から目線の文書も、おそらく廣田弁護士の指導によるものに間違い無く、迂闊に返事をするのは避けた方がいいと考えた。

そこで、株式会社Rの顧問、上野弁護士に相談した。

上野弁護士は、私の高校時代の家庭教師であった大石先生の、京都大学アメフト部の後輩である。

大石先生は、大学卒業後、JTに就職したが、その数年後から音信不通となっていた。

それまで毎年届いていた達筆な年賀状が途絶え、こちらから送ったものも、宛先不明で戻って来た。

それが、つい数ヶ月前、病院総務から連絡があり、

「病院のご意見受付メールに、大石様というかたから、大内光司さんが、自分が家庭教師をしていた大内光司さんであれば連絡を取りたい、との内容が届いています」

と伝えられた。

その知らせには、既に大石先生は亡くなっているのでは・・・と本気で心配していた両親も、

「大石君、生きてはったんや～」

と、心から喜んでいた。


大石先生は、10年程前にJTを退職し、単身、中国へと渡り、当初は、その日暮らしで、日本語学校の非常勤講師等で食い繋いでいたらしい。

やがて、その語学力を活かして日本企業の通訳を務めるようになり、さらには、業務の仲介をするようになり、今では、日本の大手マーケット向けに、革製品や衣類を製造販売

する工場を経営し、大成功を収めている。

地元の日本人の間では、もはやレジェンドと称される存在であるらしい。

パソコンに送られてきた画像には、義烏（ぎう）という商業都市にある、天井の高い石造りの立派な家で、中国人の美しい奥さんと、数匹のレッド・トイプードルに囲まれた、笑顔の大石先生の姿があった。


私が高校生当時、我が家には、レッド・トイプードルが一緒に暮らしていた。

彼女は、家族以外にはなつかず、来客があると、激しく吠えるか隠れてしまうのだったが、不思議なことに、大石先生にだけは、ちぎれんばかりに尻尾を振り、満面の笑顔で出迎えるのだった。

両親は、いつも、

「さくらちゃんは、前世、人間やって、大石君のこと大好きやったんかもしれへんねぇ」

と笑っていた。

そのことを、大石先生が覚えているのかどうかは、まだ訊ねたことは無いが、写っている子達は皆、さくらにそっくりであることに驚いた。

話しを戻そう。

その通知に対しては、すぐに応じるのでは無く、

［これ迄相互に協力・分担して行ってきた業務内容を明確にすること］

［株式会社セブンの方から譲渡を急いだと了解しているが、何故また急いで買い戻す提案となったのか］

といった質問を、上野先生を通して、そのアドバイスに従い投げかけてみることにした。

先述の通り、北部病院の美容外科・美容皮膚科は、メディカルエステと一心同体で業務を行ってきたため、現場を知らない祥士理事長から、突如、

「株式会社Rとは、一切協力するな」

との命令が出されても、スタッフもクライアントも混乱を生じるばかりだった。

祥士理事長に忠実な、北部病院の長井事務長は、メディカルエステスタッフが、これまで通り病院総務に出入りすると厳しく咎め、また坂田参与が確約したはずのスタッフの福利厚生等についても一方的に解除する等、現場からは、毎日のように、トラブルの報告を

受けていた。

そしておそらく、北部病院においても同様に、現場に混乱が生じていたのだろう。

そのため、メディカルエステを、再度、自前のMS法人で引き取り、従来通りの連携に戻したいということなのだろう、と推測した。

2018年6月18日月曜日

早朝、大阪を中心に、震度6の大きな地震が発生した。

父は、既に滋賀県の勤務先に到着していたが、そちらでも、エレベーターが一時停止したらしい。

父のクリニック開院の計画は、具体的に動き出しており、賃貸物件も、大阪府寝屋川市のメディカルビルに、ほぼ決まっていた。

関係者も大阪に多かったが、幸い、致命的な被害は出なかった。

両親にとって、これまで大阪は、殆ど未知の土地であった。

とりわけ、母は、京都以外に住んだことは無く、1人で京阪電車や阪急電車に乗った経験も無かった。

それだけに、寝屋川という街が、どこにあってどのような場所なのかも、この時点に至っても、全く知らないままだった。

2018年7月2日月曜日

この日、弟が、仔猫を拾ってきたと、母から連絡があった。


実家には、既に、成犬と1才の若い猫がいる。

犬の方は、母が、たまたまTwitterに流れていた里親募集の画像を目にして、その悲しそうな眼差しに、いたたまれなくなり、後先も考えずに引き取った子だ。

殺処分予定当日の朝に、保健所から引き出された当初は、後ろ足が麻痺しており、声も出なかった。

よほど辛い目に遭ったのだろうと、両親は不憫がっていたが、毎日、風呂場でマッサージをした事に効果があったのかどうか、やがて階段を自在に駆け上り、大きな吠え声で、おやつをねだるようになった。

猫は、この前年の秋に、近所に1匹で暮らしていた子を、父が、台風の翌日、ぼろぼろになってうずくまっているところを、やはり不憫でいたたまれなくなり、引き取ったのだ。

そして今度は、弟が、側溝に落ちて鳴いていた、まだ生後1ヶ月程の仔猫を見つけたのだという。

弟のマンションでは飼うことができないため、一時的に同居せざるをえなくなった、とのことだった。

2018年8月7日火曜日

母の誕生日である。

毎年、この日に届くようにとバースデーカードを送る人物が、もう1人いる。

インドに住む、10才の男の子だ。

長女が生まれた時、長女の人生が、末永く幸せであることを願った。

そして、自分が親になることで、それまではさして興味も無かった他の子供達にも、意識が向くようになった。

どの子も、同じように幸せになってほしい。

漠然と、そうした思いを抱いていたが、「チャイルド・スポンサーシップ」の活動を知り、申請をした。

そして、私が担当することとなったのが、その子である。

それから5年が経ち、毎年届く写真は、まだあどけなかった姿から、凛々しい少年へと成長しつつあり、自らの子供達の成長とも重ね合わせて感慨深いものがある。

その男の子の誕生日が、母と同じこの日なのである。

プロフィールが届いた時には、驚いた。


とはいえ、私は、何かと人生において数字の偶然を引き寄せる質があるらしい。

因みに、父と、私の長女も、同じ誕生日だ。

母のゴッドマザー水野さんも、やはり同じ誕生日である。

また、この後、父の片腕となってクリニックを支えてくださることとなる西野看護師は、私の長男と、同じ誕生日である。

そして、私の車のナンバーは、［素数］である。

2018年8月16日木曜日

京都では、この日、［五山の送り火］が焚かれる。

京都盆地を囲む五山に、［大文字］［妙法］［舟形］［左大文字］［鳥居形］の順に、火が灯されてゆく。

盆の間、現世に降りてきていた先祖の霊が、船に乗り鳥居をくぐり、あの世に還ってゆくという、精霊送りの意味合いを持つ伝統行事だ。


私が幼い頃には、世の中は、バブル景気に湧いていた。

毎年、この日は、亡き祖父母をはじめとする縁戚の者や、両親の友人知人と共に、リーガロイヤルホテルにて過ごしたものだ。

最上階が、回転レストランとなっており、皆で集い、食事をし杯を交わし、笑い合いながら、昔話に花を咲かせる。

点火が始まると、レストランの照明は落とされ、送り火を眺める。

やがて、祖母が亡くなり、祖父が亡くなり、集っていたメンバーも、1人また1人と旅立って行った。


毎年、送り火を眺めながら、故人の思い出話を語り合うようになった。火が消えると、空は漆黒の闇となり、静寂の風景を眺めながら、

「今年もこれで、夏も終わりやなぁ」

という言葉が交わされ、一抹の寂しさを感じるようになった。

「僕も、年とったんかなぁ」

と、笑ってみせる。


数年前からは、この日は、家族だけで、家で過ごしている。

子供達を連れて、近くの河原へ行き、橋の上から、大文字を眺める。

以前のように、五山全てを観ることはできないが、近い距離で眺めることができ、それはそれでいいものだ。

子供達がこの世で会ったことの無い曾祖父母の話しや、私の幼い頃の思い出を、両親が、娘や息子に語ってくれる。

かつての華やかさはもう無いが、静かに過ごす本来の姿に、戻ったのかも知れない。

2018年8月28日火曜日

母からの電話に、仰天した。

弟が、逮捕・拘束されて、大阪府警へ連れて行かれたのだと言う。
母の動揺は激しく、私は、取るものも取りあえず、実家へと向かった。

弟は、以前から、海外通販で、仕事道具から日用品迄、何でも購入していた。
ゆっくり買い物に出る時間のゆとりが無い、ということもあるが、本人によれば、例えば医学書や聴診器等の医療機器でも、サプリメントや衣類でも、海外通販の方が選択肢も多く、まとめて購入すれば、輸入関税や送料を支払っても安く済むのだそうだ。

母が、捜査員から聞かされた理由は、その輸入品の中に、指定成分を含むサプリメントがあり、それを

［不詳の共犯者と共謀し、自らが使用する以外の目的で、輸入した］というものらしかった。

しかし、本人に全く心当たりは無く、また、医師である弟は、輸入にあたっては慎重で、小まめに、厚生労働省や税関に確認を取っていた。

その記録もある。

その上、私が調べた限りでは、仮に、本当に、それが輸入禁止とされている指定成分であったとしても、前科も無く、医師という職業も持っている者が、麻薬でも覚醒剤でも無い、誰が聞いても名も知らぬような指定成分を理由に、いきなり逮捕・勾留されるなどということは、有り得無い。

何かがおかしいと感じた。

誰かが、意図的な誤情報を、捜査官に伝えたのではないかとさえ疑った。

思い返せば、この数ヶ月程前から、実家の近辺に、長時間駐車している車があり、母が気味悪がっていた。

主に2台、1台は白いミニバン、もう1台は、特徴的なゾロ目ナンバーのブルーのセダンで、たいていは、実家の玄関が見通せる位置にある、上杉病院グループの駐車場前に停まっていた。

たまに、駐車場内に停車しており、そこはパート医師のために契約しているはずであるため、母が不審に思い中を覗いてみると、いかにも反社会的勢力風の風貌の男性が、黙々とスマホをいじっていた。

私達は、上杉病院グループが雇った興信所の調査員が、何らかの目的で、両親や私達の行動を記録しているのではないかと疑っていた。

まさか、麻薬捜査課の捜査官であるなどとは、思ってもみなかった。

当然ながら、私達には、何の予備知識も無く、逮捕勾留された者は、約3日もの間、家族と連絡を取る事も出来ず、ましてや面会も出来ないという、まるで前近代的なこの国の司法システムを、この時に初めて知ったのである。

2018年8月31日金曜日

日本の現司法システムでは、被疑者として拘束された者は、留置場に収監されて取り調べを受け、原則的には、48時間以内に、釈放となるのか、起訴を前提に検察送致とされるのかの決定が下される。

そのために、裁判所で審判を受け、確定するのは約72時間後。

その間、先述のように、家族ですら、連絡を取ることはできない。

全くの青天の霹靂に、誰しもが絶望的になるであろう状況で、信頼する者に相談することもできず、助けを求めることもできないということは、どれ程の恐怖であろうか。たいていの人間は、それだけで、当面立ち直ることが出来ない程の精神的ダメージを受けるのではないだろうか。

そしてこの日、弟は、釈放とはならず、検察送致が決定し、大阪の都島拘置所へと身柄を移された。

ようやく、母は、弟に会うことができた。

同日、私は、近畿厚生局において、父の代わりに開業講習を受講していた。

父のクリニック開業準備は、良い協力者に恵まれたおかげで、トントン拍子に進み、翌週には開院の運びとなっていたのだ。

同じ近畿厚生局内において、この日、母は事情聴取を受けていた。

何とも皮肉なシンクロニシティである。

2018年9月3日火曜日

父のクリニック開院初日である。

弟の件で、母は、予定が全て飛んでしまい、まだ家具や薬剤も揃っておらず、とにかく精神的にも物理的にも、慌ただしく振り回されるような状況だった。

私は、京都から車で往復し、パソコンや事務用品等を運んだ。

2018年9月8日土曜日

検察送致となり、拘置所に収監された者は、最長で10日間の取り調べを受ける。現実には、途中で解放されることは希であり、殆どが、10日間目一杯、勾留される。捜査側が申し立てを行い、裁判所が認めると、さらに10日間の勾留延長となる。被疑者が罪状を否認している場合は、最初の3日間を含め、最長枠の23日間勾留されることが多いと聞く。

弟は、当然ながら、否認を貫いていた。
そもそも、その扱いは、最初から［組織犯罪の摘発］の様相であった。
最初に示された逮捕理由も、先述のように、
［不詳の共犯者と共謀し、自らが使用する以外の目的で、輸入した］
とされていたことは、母から聞いていたが、両親が、何度か、検察や麻薬捜査官から呼ばれ事情聴取を受けた時にも、職場の人間関係や、家に訪ねて来る者、宅急便の頻度等について、繰り返し聞かれ、
「これ絶対に、組織犯罪やと思い込んではるわ」
と話していた。

おそらく、捜査官は、数ヶ月かけて、弟の行動を調査したものの、一切、何の確たる情報も掴むことができなかったため、組織犯罪であるとの思い込みから、まず身柄を拘束して、パソコンや電子端末の履歴等を調べ上げると共に、それにより得た証拠を突き付けて、自白を引き出そうとしたのだろう。

この日は、勾留期限であったが、案の定、10日間の勾留延長が決定された。

母の落胆たるや、かける言葉も無かった。

2018年9月14日金曜日

母から、さらなる仰天の電話があった。

大阪地検内で検察調べを受けていた弟のもとに、上杉病院グループの廣田弁護士が接見に行き、退職届提出を強要したのだという。

そもそも、母が、5月に京都地方裁判所へ「地位確認」の申し立てを行った件では、当然ながら、彼が、相手方弁護士である。

［メディカルエステを上杉病院グループが買い戻す］と要求してきた件でも、株式会社Ｒの代表である私と、相手方担当としての廣田弁護士とで、交渉を行っている。

そして、弟自身も、かねてから、職場である上杉病院グループ北部病院におけるハラスメントの相談を、友人弁護士にしており、その折衝相手は、言うまでもなく、廣田弁護士である。

つまり、立場上、彼は［敵対当事者］そのものであり、弟に接見できるはずが無いのである。

どうやって、接見したのか。

検事に対して、

「両親から委任されて、選任を受ける予定の弁護士です」

と、身分を偽り、入館したのだ。

［弁護士が被疑者の接見を求めた時には、取り調べ中であっても、それを中断して直ちに接見させせなければならない］

というルールがあるらしい。

公正な担当検事は、それに従い、速やかに、弟の調べを中断して、接見室へ移したのだが、何か様子がおかしいと感じ、既に検事と面識のあった、本物の選任弁護士に、確認の電話を入れたそうだ。

すると、丁度、母が、その弁護士と打ち合わせを行っており、その目の前で、検事からの電話でのやり取りを見聞きすることとなった。

何という奇跡的なタイミングだろう！

弁護士事務所の、堂島川に面した会議室で、母は、杉田弁護士、若林弁護士と共に、今後の対応について相談をしていた。

そこへ、事務所スタッフからの内線電話が入った。

「篠田検事から、お電話が入っています」

母の心臓は、止まりそうだった。

杉田弁護士は、電話の受話器を取り、対応した。

「廣田弁護士ですか？私は聞いていません。今、お母様は、目の前におられますが」

杉田弁護士の様子から、何とか事態を読み取ろうと、母は、その様子を凝視していた。

受話器を持ったまま、杉田弁護士は、母に尋ねた。

「廣田弁護士と名乗る人物が、ご両親から依頼されたと言って、接見に来たとのことですが、お母さん、心当たりありますか？」

母が、全力で否定したのは、言うまでも無い。

［廣田弁護士による、弟の退職届獲得計画］は、未遂に終わった。

しかし何故、彼は、これ程の暴挙に出て迄、弟の退職届を取りたかったのだろうか。

それは、接見室での彼と弟とのやり取りにより、推測される。

「来週18日に、金井先生の公判が始まる。またマスコミが押し寄せる。その時に、君が起訴されたら、同じ上杉グループから2人の犯罪者が出る事になって、カメラが殺到する。病院の評判は、多大なダメージを受けることになる」

「(退職届用紙は) 2通あるから、この後また検事調べが始まった時、検事の前で退職届を書いて、1枚を、検事に渡しなさい」

「検事の目の前で、［責任取って医者を辞めます］と言って書くんだ。そうすれば、反省の意思を表明できて、情状酌量もされるだろう」

さらに、

「君の両親は、社会的地位も無いから、君が起訴されても、保釈の身元引受人にはなれないよ。上杉病院グループの会長や理事長なら、君が反省して退職届を書くのなら、身元引受人になってくれるかもしれない」

と、まくし立てたのである。

「金井先生の公判」というのは、その半年程前に、上杉病院グループ所属の金井医師が、反社会的勢力組長のために「収監免れを目的とした偽診断書を書いた」とされた事件である。

これは、金井医師や、直接に窓口担当となっていた小野医事部長の逮捕のみならず、京都市立医科大学の当時の学長や院長も取り調べを受ける事態となり、大きく報道された。

結果的には、起訴されたのは、金井医師1人であり、後日、彼も無罪判決を受けた。

しかし、2018年9月14日時点では、まだこれから公判が始まるところであり、上杉病院グループとしては、何としても、これ以上マスコミを刺激したく無かったのだろう。

しかも、この翌日には、祥士理事長が「賞罰委員会」を招集し、廣田弁護士が、参考人として、弟があたかも有罪・起訴有りきであるかのような虚偽の説明を行い、「懲戒解雇」を決定し、その翌日には、拘置所宛てに「懲戒解雇通知」を速達で送り届けるという手際の良さであった。

未来ある1人の医師が（しかも縁戚である）、人生に突如降りかかった不幸の中で、混乱し、絶望し、精神的に尋常ならざる状態に置かれ、正しい判断も出来ないかもしれない事を悪用し、よくもまあ、これ程非情な事ができるものだ。

弟が絶望の淵にある時に、最後の一押しをするかのごとく、彼らは動いた。

人間の、そうした残酷な思考回路は、何に起因するのだろうか。

今も、その時の弟の心情を思う度に、喉の奥に鉛玉がつかえたかのような息苦しさを感じる。

２０１８年９月１８日火曜日

司法で定められた２０日間の勾留期限を目一杯使われ、この日、弟の被疑事実の判断結果が出されるはずであった。


母は、前年末の自らの解任劇の後、心身の不調をきたしてみるみる痩せていったが、数ヶ月して、ようやく落ち着き、前向きに気持ちを切り替えつつ、体重も回復傾向にあった。

その矢先の、弟の件である。

以前にも増して、母の体重は減っていった。

ただ、以前と違うのは、母は、家にこもって泣いてばかりはいなかったという点である。

それ迄の母は、どちらかというと、他人と接することが苦手なせいもあり、外出するよりも、家に居ることを好んだ。

電車に1人で乗ったことも、新幹線とサンダーバードの他には無い。

しかし、弟が勾留されて以来、面会不可となる土日祝日以外は、ほぼ毎日、京都から在来線電車で、大阪の都島拘置所迄、通い続けていた。


最初は、当然ながら、勝手がわからず、差入れのルールも知らず、ただオロオロするばかりだったが、毎日顔を出すうちに、拘置所のスタッフや［差入れ屋］の店の女性とも言葉を交わすようになり、親切にしてもらうのだと話していた。

「待合室にいると、色んな人がいはるねん。どの人にも、その人なりの人生があるんやね。差入れに来はった年老いた両親らしき人が、あの子はこれが好きやし頼んでやろうとか話してはったり、逆に、お父さんは年寄りやから布団入れてあげたいと相談してる人やら、赤ちゃんを連れたお母さんもいてはって、それ見て、いつも泣いてるねん」

と、母は語っていた。

そして、この日は、弟が釈放されたらすぐに連れて帰るつもりで、朝早くから、拘置所近くのメディカルビルで、待機していたようだ。

拘置所では無く、他のビルで待っていたのは、弁護士からの電話に対応するためである。拘置所に入館するためには、入り口で、携帯電話などの電子端末も、家の鍵等も、ロッカーに預けた上で、金属探知機をくぐらなければならない。

そのため、館内では、弁護士からの連絡を受け取ることができないのだ。

しかし、母が受けた電話は、残酷なものだった。

弟は、[再逮捕]となったのである。

最初の嫌疑とされた理由は、晴れた。

捜査側は、何ら、確たる証拠を得ることができなかったのである。当然である。

ところが、また別の指定成分を理由に、再逮捕されたのだ。

最初から、その計画だったのだろう。

こうした手法は、［人質司法］と呼ばれ、被疑者が否認を続けている場合、そして有効な証拠が得られない場合に、頻繁に用いられるものらしい。

法的に勾留可能な期限は、最長3日プラス20日であるため、その期間内に成果を出せない場合、少しずつ嫌疑理由を変えて、再逮捕する。

本人が疲弊して、自白するのを待つのである。

そして、再逮捕となれば、また振り出しに戻り、最初の3日間は、家族と会うことも連絡することも、できない。

これ程迄に非情な目に遭った弟が、今、どんな思いで、何をしているのか、されているのかすら、わからない。

帰宅した母は、すっかり憔悴し、さらに一回り小さくなったように見えた。

2018年9月21日金曜日

弟は、3日間の留置を経て、また案の定、捜査官から10日間の勾留延長請求が提出され、裁判官が、それを許可したため、拘置所に移送された。

請求の理由は、これ迄と同じ、「被疑者が罪状を隠滅すると疑うに足りる相当な理由がある」というものだ。

しかし、弟のパソコン、iPhoneやiPad等の電子端末、預金通帳やキャッシュカード、パスポートや運転免許証、健康保険証といった、全ての情報源は、押収されたままである。

もう20日以上もの時間をかけて、それらは全て開示されている。

その証拠に、母は、検察や麻薬取締官からの事情聴取を受ける際、メールやLINEのやり取りをプリントアウトしたものを見せられ、内容について説明を求められた。

「親子の会話迄、全部読んではるねん」

と、泣きながら話していた。

つまり、これ以上、調べることは、もはや何も無いはずであるし、証拠隠滅などできるはずも無いことは、捜査官も裁判官も、本当は、誰もが了解している。

ただ、何としても、「自白」を引き出すことが必要なのだ。

勾留延長の理由は、ただそれだけなのだ。

自分の家族に、こうしたことが降りかかるまで、日本は、先進国であると信じていた。

２０１８年９月２７日木曜日

母が、弟の面会を済ませて待合室に戻ると、マクドナル神父と母のゴッドマザー水野さんの姿があった。

両親は、マクドナル神父から洗礼を受けたカトリック信者である。
弟の件は、この前の週に、打ち明けたのだそうだ。
９２才と高齢な上に、足も不自由な神父は、水野さんに付き添われて、京都から、弟に会いに来てくださったのだ。

ところが、残念なことに、面会は1日1組と決まっている。
母も、そのことは知らなかったし、結局、神父は、弟に会うことは出来なかったものの、弟のためにと、美しい［天使の図鑑］を、差し入れてくださった。

帰りは、母も一緒にJRで京都に向かった・・・つもりだったのらしいが、元々、方向音痴な母である。

神父の足を気遣いつつ誘導し、タイミング良くホームに入ってきた電車に乗り、3人で一息ついていたところ、神父が、突如、

「Oh！この電車は反対方向です！太陽が南にあります！」

と声を上げ、一同、慌てて、次の停車駅である尼崎で降り、乗り換えたそうだ。

「それにしても、マクドナル神父は、凄いわぁ～、清貧な暮らしをしてはるだけとちごて、そういう生きる知恵もしっかり持ってはるんや～」

と、その晩の我が家では、久々に、母が笑顔で、その話題を語った。

2018年10月5日金曜日

弟の勾留期限は、3連休明けの火曜日だが、

「もしかすると、連休前に結果が出るかもしれません」

と、弁護士からの連絡を受け、母は、朝から、JR大阪駅のスターバックスで、待機していた。

しかし、結局、この日の決定は無かった。

母は、朝の8時から夕方6時頃迄、チャイティーラテ・ソイミルク仕様・ショートサイズ1杯だけ頼み、ほぼ10時間もの間、座っていたらしい。

後日、

「あの時は、ストレスで、不安で怖くて、ただただずっとお祈りしながら待ってたけど、今思たら、お店の人に悪いことしたわ」

と、話していた。

そして何故か、その後、母は、スターバックスに行く度に、決まって、あの時と同じものだけを頼んでいる。

2018年10月9日火曜日

この日は、母は、弁護士からの連絡があればすぐに走って行けるようにと、都島拘置所近くのメディカルビルで、朝から待機していた。

連絡があったのは、正午頃だ。

「今、検事から電話があり、不起訴決定とのことでした。これから裁判所から拘置所に戻され、釈放手続きに入りますので、おそらく、2時から3時には出て来られます」

とのことだった。


「待ってる間は、血管の中を、血液が逆流してるみたいで、内臓がミシミシと痛んでるんやろなぁと感じたわ。電話を受けた時は、ほんまに、心臓が口から飛び出しそうな程で、手が震えて、iPhone落としかけたし、もう2度と、あんな怖い思いするのはいややわ」

と、母は、今もたまに思い出したように話すことがある。

あれ以降、母は、不整脈を発症し、投薬治療を受けている。

2018年10月16日火曜日

弟が解放されて、我が家は、ひとまず安堵に包まれた。

しかし、問題は、山積したままだ。

母の地位確認申し立ては、弟の件で飛んでしまっていたし、やっと戻って来た弟は、睡眠障害が悪化し、すぐに立ち直れる状態では無い。あれ程の目に遭ったのだから、無理も無い。

株式会社Rの仕事は、どんどん切られる一方で、メディカルエステの事業譲渡の交渉も、ストップしたままだ。

一方で、父が開院したクリニックでは、立ち上げに関わったコンサルが、1週間前に、突然去ってしまい、その後始末に追われていた。

何もかもが、いっ時に、雪崩のように、我が家を襲った。

そうした中で、この日、上杉病院グループから実家に届いた内容証明郵便は、弟の「離職票」だった。

これは、雇用保険の失業給付を受給するときに必要な書類で、退職後10日前後迄に、退職した職場から提出される。

これを元に、失業給付額等が決定されるのだが、その内容が、虚偽であれば、給付の判定にも影響するだろう。

退職理由は、「重責解雇、別紙の通り」との記載があったが、別紙は添えられていなかった。

本人記載欄には、「本人と連絡取れず」と書かれていた。

本人が、これを見て、どれ程の絶望感を味わうと思うのだろう。

しかも、この書類の提出日は10月12日となっている。

弟は、10月9日には、実家に帰っていたし、その事は、病院関係者は知っていた。

しかも、実家は、上杉病院グループ会長・理事長宅の町内であり、［本人とはいつでも連絡が取れた］のである。

誰の発案かは知らないが、よくここ迄の酷い事を思い付くものだ。

確か、上杉病院グループの標語は、［思いやりの架け橋］だったように思うのだが・・・。

2018年10月26日金曜日

今度は、私の自宅に、内容証明郵便が届いた。

［業務命令書］だ。

［翌営業日から、病院本部に出勤し、午前9時から午後5時30分迄、デスクに就いて業務を行う事］

とされていた。

何の前触れも無く、［業務命令書］は、送られて来た。

こうした［唐突な通知］、そして［すぐに対応できない休日前を選ぶ］のは、母の解任劇の時と、同じ手法である。

先述のように、私の業務内容は特殊であり、就職当初から、タイムカードは免除されていた。

また、株式会社Rの代表を兼務することにも、暗黙の了解があった。

株式会社Rの業務を行いながら、上杉病院本部のデスクに一日就いていることなど、現実的に不可能であることは、当然、病院側は、わかっている。

体のいい退職勧奨に他ならない。

私は、それ迄の約6年間、仕事を兼務しながらも、1度の遅延も無く、ミスも無く、自分の役割である統計分析の仕事を行ってきたし、そのレポートを毎月心待ちにしてくれている幹部もあった、との自負もある。

自分自身の中で、母の解任、そして父の退職後、さらに弟の懲戒解雇と続き、いつ迄もこのような組織に関わり続ける気は無い、との思いは、日々募ってはいた。

しかし、こうしたやり方に、屈するつもりも無い。

その思いを、この［業務命令書］により、明確に自覚したのである。

2018年10月29日月曜日

金曜日に届いた［業務命令書］への対応について、弁護士に相談をしていたところ、私のiPhoneに、井本事務次長から、電話が入った。

［どうせいい話しでは無い］と、うんざりしながら出てみると、

「現在、病院グループに税務調査が入っており、タイムカードの無い者の勤務実態が認められないいため、退職していただけませんか？」

と、いきなり告げられた。

何とも、井本事務次長らしいストレートさだ。

じつは、この時、株式会社Rも、上杉病院グループの1社として、調査を受けていた。祥士理事長らから、「もう親族でも無ければ、グループでも無い」と言われていたのに、皮肉な事である。

調査の中で、病院本部の仕事との兼任に関しても質問を受け、その業務実態について了解を得ていた。

私は、すぐに、株式会社Ｒに出入りしている調査官に、確認を取った。

調査官の答えは、

「我々は、納税が適切に行われているかを調査するだけで、個々人の勤務に関して、個人に影響が出るような介入は、絶対にしません。また大内光司さんについては、病院に対する提出物等から、勤務実態有りと判断しています」

というものだった。


税務調査を理由にすれば、私が慌てて退職届を提出すると考えたのだろう。

しかし一体、誰の発想なのか。

喉につかえた鉛が、一層重くなったかのような、鬱蒼とした感覚を覚えた。

２０１８年１０月３０日火曜日

大阪地検から、弁護士事務所に、弟の「不起訴通知」が届いたとの連絡を受けた。

既に不起訴は決定し、弟は解放されていたのだが、正式な書面により、不起訴理由は、

［嫌疑不十分］と記されていた。

不起訴決定時には、その「理由」については、告げられていなかった。

「嫌疑不十分」による不起訴と、「起訴猶予」による不起訴では、雲泥の差が有る。

「嫌疑不十分」とは、嫌疑に対して、十分な証拠が集まらず、立証出来ず、起訴したとしても、公判が維持できないと判断されるものだ。

「起訴猶予」とは、嫌疑が有り、犯罪が成立することは明白であるものの、犯罪の軽重や、被疑者の性格、年齢及び境遇、情状や犯罪後の状態により、訴追を必要としないと判断されるものだ。


弟は、当然、嫌疑を否認し続け、それを貫いたのだが、決定権は、検察にある。

本人が、どれ程、否認しようとも、検察の胸先三寸で、内容は決まるのだ。

その恐怖を、私達家族は、身をもって体験したのである。

司法制度には絶望したが、担当の篠田検事は、まだ若く、公正公平な理想家肌の人物だった。

「それが何よりもの、不幸中の幸いやったわ」と、母は、折に触れ感謝している。

2018年11月5日月曜日

母は、京都弁護士会へ、廣田弁護士の懲戒請求申請を提出し、受理された。

母の［地位保全］の審判は、遅々として進んでおらず、圧倒的な組織力の差、力の差を目の当たりにするばかりであった。

そうした中で、母は、何とか非力な者でも世に問うことが出来る道を、探っていたのである。

また、同じ日、弟は、自らの懲戒解雇に対する異議申し立て請求を、弁護士に委任した。

2019年元日火曜日

私達家族の身に次々と降りかかった一連の霹靂の発端から、2度目の新年を迎えた。

例年通り、家族で集い、おせちと白味噌雑煮をいただき、下鴨神社に初詣に出かける。

例年通りでは無い事は、私達は、自らの名誉を回復するために、そして家族の生活を守り平和を取り戻すために、不本意ながらも、戦わざるを得ない状況にある、という事だ。

父のクリニックは、出だしで思いもよらぬトラブルに見舞われたものの、その後、良いスタッフに恵まれ、ようやくスタートラインに立ったばかりである。

父は、仕事一筋に誠実に生きてきた人で、短期間、施設長を務めた守山の老人ホームのオーナーからは、強く慰留をされたのだが、最後には、こころよく送り出してもらった。

母は、もはや家に居て花を活け優雅にティータイムを楽しむ生活から一変し、父のクリニックと私の株式会社Rの雑務、そして家族の名誉の回復のために、積極的に奮闘するようになった。

弟は、まだ心身の痛みから解き放たれてはいないが、自分なりに、社会との関わりを模索している。

そして、私は、家族と会社スタッフの生活を支えるために、東奔西走を続けている。

２０１９年３月２８日木曜日

京都弁護士会・綱紀委員会から、母が2018年10月に提出した［廣田弁護士に対する懲戒請求］に対し、［懲戒にあたる事実は認められず、審議せず］との［決定書］が、母の元に届いた。

廣田弁護士が、明らかに［相手方］でありながら、その身分を偽り、大阪地検に入館して、弟の退職届を取得しようとした事実を、母は、京都弁護士会・綱紀委員会の聞き取りに対して丁寧に説明し、また杉田弁護士からも陳述書を提出してもらったにも関わらず、それらは全て［無かった事］とされたのである。

これは想定外であった。

母は、裁判に於いて、裁判官からすら、

「身内の揉め事ですから、まぁ話し合ったらどうですか」

と、軽くしか受け止められず、

一方で、圧倒的な組織力をもって、私達息子に対してまで非情な圧力をかけ、会社への業務切りも続ける、例えるならば、まるでブルドーザーに押し潰されかけているハムスターのような境地であったため、何とか、公的な力で、とりあえず、ブルドーザーの動きを止めてもらいたいと、一縷の望みを託していたのだが、叶わなかった。

しかし、もはや以前の母のように、その結果を無条件に受け容れる事は無かった。

「素人である自分の拙い申請書が悪かったのであろう」と思い直し、現在の私選弁護人である福井弁護士、小野田弁護士、筑井弁護士に相談し、直ちに、日本弁護士連盟に、異議申し立てを行ってもらったのである。

２０１９年４月１日月曜日

元号が、「平成」から「令和」へと変わった。

昭和の終わり頃に生まれた私は、平成の時代にも、折ある事に、

「昭和は遠くになりにけりやなぁ」

等と、冗談を言っていたのだが、もはやそれも過ぎ去り、時は流れてゆく。

２０１９年４月２６日金曜日

翌日からゴールデンウィークが始まるこの日の夕刻4時頃、私の自宅に、内容証明郵便が、8通も、同時に届いた。

受け取ったのは、妻である。

差し出し人は、いずれも、上杉病院グループ各病院と、上杉祥和理事長、または祥士理事長、そして中井総務部長であった。
内容は、
［株式会社Rに対するホルター心電図業務の契約を打ち切る］
というものだった。

先述のように、私が代表を務める株式会社Rの主力業務は、父が30数年前に立ち上げた、ホルター心電図解析である。

長引くデフレや医療費切り下げにより、利益は減っていたとはいえ、まだ安定した収益源となっていた。

既に、Webや印刷業務からは撤退しており、メディカルエステ部門も、上杉病院との関係悪化に伴い、施術客が減少していた。

その上、上杉病院グループからのホルター心電図解析からの収益が無くなると、もはや会社の存続は 、困難となる。

とはいえ、覚悟はしていた。

そのために、既に、東京でのサラリーマン時代の上司や友人達に、新しい事業計画の相談もしていた。

しかし、まだこれといった成果は掴めておらず、現実に、目の前に書面を突き付けられると、本当にこたえる。

宛名は、いずれも、［株式会社Ｒ　代表取締役社長　大内光司様］と、ご丁寧に書かれている。

それ迄、会社関係の郵便や連絡事項は、当然ながら、全て、会社に届いていた。

あえて、自宅に送り付けたのには、どういう意図があるのだろうか。

しかも、本人はまだ帰宅していないであろう時間指定で、そして、お得意の［連休前日］である。

そのうちの1通には、上杉病院グループからのホルター心電図業務契約切りの通知と共に、私への［翌営業日（ゴールデンウィーク明け）から伏見総合病院（前回の業務命令よりさらに遠方の病院）に出勤し午前9時から午後5時半迄デスクに就いて業務を行うこと］との［業務命令書］のみならず、

［貴殿は、当グループに貢献していないため、業務命令に従えないのであれば、退職を奨める］

との［警告書］ならびに［退職届用紙］、さらには、［上杉祥士理事長の宛名を記載し、切手迄貼った返信用封筒］が、同封されていた。

電話で、妻から、その内容の連絡を受け、さらに大量の内容証明郵便が並べられた画像をiPhoneで確認した私は、怒りを通り超して、「なんやこれ」と、呆れた笑いが込み上げそうになった。

しかし、笑っている場合では無い。

妻の動揺は、激しかった。

私は、中井総務部長に電話をかけた。

笑いが込み上げたのは一瞬で、妻の心情を思うと、腹の底から怒りが湧いてきた。

極力、その思いを抑えながら、中井総務部長に告げた。

「自宅に、8通もの内容証明郵便が届いたようです」

「あーそうですね」

中井総務部長は、とぼけた口調で答えた。

「契約切りは、やむを得ないと受け止めます。しかし、私が病院に貢献していないと書かれているようですが、これは承服しかねます。毎月100ページ以上の報告書を提出しているのを、中井部長はご存知ですよね、私が毎月提出しているレポートの送信リストには、中井総務部長のお名前もありますよね」

「ああ、そうですね」

他人事のような彼の口調に、抑えていた怒りが爆発し、思わず語気が強くなった。

「私が病院に貢献していないので退職を奨める、と書いてあります！」

「そんな書き方はしていないと思いますが」

「書かれています！書面は、法人である病院と、祥士理事長と中井総務部長のお名前で書かれていますが、ご存知無いのですか？」

「そうでしたか」

「中井部長が書かれたのでは無いのですか？しかも、こんなに大量の内容証明郵便を、妻が受け取り、どれ程の恐怖を味わったと思われますか？ご自分のご家族が、こんな目に遭ったら、どんな気持ちになりますか？」

「えーと、私には、よくわかりません」

「中井総務部長のお名前が記載されていますよ、あなたが書かれたのでは無いのですか？！」

「それは・・・廣田弁護士に、お任せしていますので」

「それでは、廣田弁護士が書かれたのですか？理事長とあなたの名前で！」

「いや、文書作成はお任せしたということです」

「退職届用紙も同封されていました。よくこんな事が平気でできますね！万一書くとしても、一身上の都合とは、絶対に書きませんから！」

私がそう言った途端に、中井部長は、それ迄のとぼけた態度から、突如、覚醒したかのような闊達な口調で、切り返してきた。

「あ、退職届、書かれるんですか？今、言いましたね？退職届、出されるんですね？ではすぐに、理事長に報告します」

しまった、揚げ足を取られてはならない、と、私は何とかクールダウンし、

「出すとは言っていません。家族の人生にも関わることですから、周囲とも相談して、熟考して決めます」

と答えた。

中井総務部長は、まだ何か言いかけたが、私はiPhoneの電源を切った。

2019年5月7日火曜日

この年は、曜日の配列から、人によっては10日間の長期のゴールデンウィークとなった。

我が家も、その間に、ささやかな家族旅行を計画していた。

しかし、私も妻も、連休前日に届いた大量の内容証明郵便のため、胃に穴の開く思いで、会話も弾まなかった。

子供達には、それを悟らせてはならないと、気を遣った。

そして、この日、連休明けを待って、私は、京都府労働基準監督署へと出向いた。

退職強要に関する相談のためである。

しかし、窓口の嘱託らしき担当者は、

「あなたの立場は、就業規則に基づかないものですから、やむを得ませんね」

と、真剣に取りあう様子は無かった。

おそらく、最初に、私が会社経営者の立場を兼任していると伝えたためかもしれない。

これ以上話しても、時間の無駄である。

私は、さっさと広げた資料を片付け、席を立ち、その足で、京都労働局へ向かった。

労働局の担当者は、じっくりと真摯に話しを聞いてくれたものの、結果的には、何も得られなかった。

「これは完全な退職強要にあたるものの、あなたの勤務形態は、就業規則に基づかない特殊事例ですので、私達が介入することはできません。弁護士に相談なさる方がいいでしょう」

とのアドバイスを受けるに留まった。

そのアドバイスに従い、ゴールデンウィーク前に届けられた［業務命令書］ならびに［警告書］に関して、
［「貴殿は当グループに貢献していない」との文書は、事実誤認であり、求釈明を行う」］
との通知を、弁護士から送付してもらった。
ところが、その後、病院側からは、何の回答も無いどころか、一切反応すら無いままで

あった。

2019年6月8日土曜日

この日、私は、医療法人・希会の理事長、院長と、土師氏と共に、打ち合わせに参加していた。

土師氏は、父のクリニック開院に際して、スタッフチーフとして、粉骨砕身、力を発揮してもらっている。

元々、自らが、チームを率いて訪問リハビリや訪問看護ステーションを運営すると共に、社会的事業として、重症心身障害児の放課後デイサービスも行う「株式会社スカイメディカル」を経営するタフな人物だ。

彼は、父のクリニックの訪問診療先開拓の課程で、希病院理事長と出会い、理事長の父上と、その親友であった獣医師の丸山先生とが、O157や鳥インフルエンザの被害を体験して開発した除菌剤についての相談を受けた、とのことだった。

丸山先生は、既に亡くなっており、その遺志を継いで、残された除菌剤を、何とか世に出すことはできないだろうか、との話しだった。

そこで、土師氏は、私が前職で米国系医療ベンチャー企業に勤めていたことを思い出し、推薦してくださったのである。

とはいえ、私にとっても、商品開発は未知の分野であり、どこから手を付けたらよいのかわからない状態であった。

とりあえず、まずは、その除菌剤が、本当に有効なものであるのかどうか、レシピ通りに試薬を完成させ、しかるべき検査機関への試験依頼を行うまでの流れを決定した

2019年6月21日金曜日

自宅に、今度は、［今月より無給にする］旨の内容証明郵便が届いた。

［6月28日に貴殿の賞罰委員会を開催する。意見があれば、出席して述べること］との通知も、同封されていた。

明らかに、順番が違うだろう。

まず先に、賞罰委員会を開催し、そこで無給を決定するのが筋ではないのか。

いや、無給にされる筋合い自体が、無いのだが。


既に、私は、株式会社Rの方も、相継ぐ業務切りによる収益減により、スタッフの給与を確保するために、自らの給与は、6万円としていた。

ゼロにするつもりだったが、顧問税理士から、

「それでは社会保険が出ませんし、年金の手続きも変更しなければなりませんので大変です。少額でも、給与が出ている実績が必要です」

との忠告を受け、月額6万円としていたのである。

病院からの給与も無くなるとなると、実質手取り2万円を切る月収となる。

妻がヴァイオリン教室で得ている収入を、心底有難く思った。

2019年7月5日金曜日

6月28日の賞罰委員会開催に対して、当方の弁護士から

［進退に関わる重要な内容となるため、弁護士同席を希望する］旨と、日程調整依頼の通知を送付していたのだが、病院側からは、一切、何の音沙汰も無かった。
どうなったのかと思っていたところ、この日、
［予定通りに賞罰委員会を開催し、貴殿の懲戒を決定した］
との通知が、内容証明郵便で届いた。

またかと驚きもしないが、こちらからの通知には一切反応せず、求釈明を無視して、自らのやりたい事のみ行う方針を貫くようだ。
もはや、理解の範疇を超えている。
私も、母と弟に続き、訴状を提出する決意を固めた。

2019年7月16日火曜日

これ迄のイメージとしては、裁判というものは、法廷で、原告、被告、双方の弁護士が、喧々諤々と口頭弁論を行うものかと思っていたのだが、実際は、多くの民事裁判においては、［裁判の初期段階において、当事者間での争点を明確にし、証拠を整理する］という作業

を、実際の［口頭弁論期日前］に、裁判官と双方の代理人との間で、執り行うらしい。
そして、この日、京都地方裁判所において、弟の［弁論準備手続き］が行われ、相手方から、証拠として、母が廣田弁護士の懲戒請求を行い却下された［決定書］が、提出された。
その中に、
［上杉病院グループ会長が、京都弁護士会に提出した陳述書］
なるものがあった。
何のために提出されたのか、意図は、未だに諮りかねるのだが、一同、これを読み、驚愕した。
上杉病院グループ会長が、署名捺印した文書には、
［縁戚である大内ちひろは、虚言と勘違いで、廣田弁護士にご迷惑をかけているので、話しを聞かないでください］
［懲戒解雇の決定をしたのは、会長である私・上杉祥夫と、祥和理事長、祥士理事長であり、廣田弁護士は関わっていません］

［廣田弁護士は、当グループにとって非情に信頼している人物であり、検察に身分を偽り退職強要する等の行為をするはずが無ければ、する理由もありません］
と書かれていた。

母は、深く傷付き、すぐに、縁戚の女性に、その文書の件で相談をした。

縁戚の女性は、

「会長がこんなものを書くなんて、信じられない！」

と、会長本人に、それを見せた。

すると、会長は、読むなり、

「こんなものを、私が書くはずが無い！署名もした覚えは無い！」

と激昂したのである。


ところが、その翌朝、会長から、縁戚の女性に電話があり、

「やはりあの署名は、私がしたものだった。嘘をつく結果となって申し訳ない」

との謝罪があった。

一体、誰が、会長を、こんなに幼稚で滑稽なシナリオに、利用したのだろうか。

ただ、はっきりした事は、

［京都弁護士会・綱紀委員会は、地元の名士である上杉病院グループ会長の陳述書に忖度して、廣田弁護士への懲戒請求に関する調査もせず、却下した］

ということである。

司法に対する絶望感が、またさらに増したのである。

2019年9月26日木曜日

労働基準監督署から、電話を受けた。

「上杉病院から、あなたに対する懲戒解雇予告手当免除申請が届け出されましたが、了解されていますか？」

とのことだった。

「え、何の事でとしょうか。私は、何も聞いていません。全く寝耳に水です」

と答えると、逆に、電話口の担当官の方が驚き、詳細を聞きたいとのことだった。

2019年9月27日金曜日

労働基準監督署の求めに応じて、説明に出向いた。

先日の、嘱託風の窓口担当者では無く、上席の監督官が、丁寧に対応してくれた。

私は、これ迄の経緯を述べると共に、既に地位保全のための訴状を提出している旨を伝えた。

彼は、

「そうした事情は、よく理解しました。病院からの申請を受理せずに、裁判に任せましょう」

と言ってくれた。

因みに、提出書類のサインは、中井総務部長のものであることを確認した。

2019年10月18日金曜日

私のメンターであった古本氏の命日、［統計の日］である。

彼が亡くなって丸4年、今の私の状況を見て、彼は何を思うだろうか。


株式会社Rでは、長年勤めてくれていた検査技師が、相継いで退職し、ベテランの事務職員も、急な退職となった。


検査技師は、家庭の事情による退職とのことで、そのうちの1人は、「体の弱い子供のために家に居てやりたい」との理由を告げ、母は、いたく同情していた。

しかし、後日、源泉徴収票の申請により、他へ転職していた事がわかった。

とはいえ、人には人の人生がある。

大組織である上杉病院グループを相手取って楯突いているようにしか見えない我々の元に居続けることは、リスクであると判断されても、やむを得ない。


ただ、一瞬で、ホルター心電図解析事業は、回らなくなった。

上杉病院グループからの依頼は、徐々に減っていたとはいえ、まだ契約期間が残っている病院もあり、また、他の検査会社からの依頼も受けていた。

毎日、途切れる事無く、解析データーが送られて来る。
みるみる間に、目の前にファイルが山積みとなり、返却遅れへのクレームで、ひっきり無しに、電話がかかった。

正直、この事態に直面するまでは、私は、解析事業は他人事のような感覚で、経理や人事管理以外は、現場任せでいた。
先述のように、父が立ち上げ、母が引き継いだ事業で、自分が途中から関わりにくかったという事もあり、実際の業務の流れも、充分に把握してはいなかった。

しかし、逃げ出す訳にはいかず、私は、解析機メーカー・フジイ電子の人から指導を受け、解析作業を覚え、毎日数十件のデーター解析をこなした。
しかし、データー解析だけで返却できる訳では無く、その後に、検査技師が編集し、必要な場合は、医師の所見も付けて、ようやく1件の作業が完了する。

私が、いくらデーター解析をこなしても、残った1人の技師の編集作業には限界があり、返却遅延に対するクレームは容赦無かった。

中でも、検査会社バイオロジーシステムは、どういう訳か、契約にも無い過剰サービスとして、［翌日返送］という、長年の慣習があった。

何故、こうした条件を呑んでいたのか、いつからなのかも、今となってはわからない。

しかし、我が社はバイオロジーシステムだけの仕事を受けている訳では無い上、検査技師の退職により、物理的に、翌日返送サービスは不可能であった。

その事情を、繰り返し説明しても、毎日、バイオロジーシステムからのクレーム電話やFAXは途切れる事は無く、現場のスタッフは、精神的に、かなり限界にきていた。

そうした中、ホルター心電図データーと共に送られて来る［行動記録カード］が無い、という事件が起きた。

行動記録カードは、必ずしもある訳では無いため、我が社のスタッフは、［無いもの］と認識して、解析データーだけを返却した。

ところが、バイオロジーシステム担当者から、

「そちらで紛失したのだから、会社中をくまなく探してから結果報告せよ」

との電話があった。

それ迄、人との折衝や、ましてやクレーム対応等したことの無かった母は、私を表に出してはならないと、勝手に心配したようで、たまたま私が不在の時、自らが電話口に出た。

母は、スタッフを信頼していた事もあり、

「絶対に、うちで紛失したのではありません」

と主張した。

まぁ、それも、世間知らずのなせる技かもしれない。

当然ながら、先方は、

「下請けのくせに！」

と、不快感を露わにし、

「本当に、そっちに無いのかどうか、明日、私が探しに行く」

と告げた。

母は、その時は、「わかりました」と答えたものの、後で、スタッフ、そして顧問弁護士から、

「ここにはバイオロジーシステムから以外の患者様の個人情報もあるのに、そんな事をされたら困ります」

と忠告され、断りの電話を入れた。

すると、

「そうじゃ無いでしょう。そちらがミスしたのだから、こういう時には、まず、申し訳ございません、と頭下げるもんでしょ」

「下請けの態度では無い」

等と言われ、母は、電話口で、おそらく自分よりはるかに年下と思われる担当者に、

「申し訳ございません」

と謝罪した。

ただ、その後も、返却遅れに対するクレームは続き、我が社の対応に不満があったようで、後日、[契約切り]の連絡を受けた。

母は、自分のせいであると、深く落ち込んだ。

株式会社Rのホルター心電図解析業務のうち、上杉病院グループと検査会社バイオロジーシステムからの受注割合は、総受注数の3分の2を占める。

その収益が無くなると、本当に、しんどい。

しかし、図らずも、これ迄は、その現場を積極的に知る事も無かったホルター心電図解

析事業に、社会的意義があることを実感し、私の中に、何とか存続させたいという愛着が湧いてきた。

と共に、まずはスタッフの生活も成り立つようにしなければならない。

この後、ベテランの事務職員の復帰、新しい検査技師の雇用により、一時の喧噪が嘘のように、すっかり社内は落ち着きを取り戻し、穏やかで笑い声の聞こえる、本来のホワイトな職場に戻った。

受注件数が減ったことのみが、課題である。

2019年12月31日火曜日

私達の裁判は、遅々として進まないまま、一方で、株式会社Rは、相継ぐ契約切りを受け、ホルター心電図業務の大幅な見直しを迫られると共に、メディカルエステ事業の新たな展開も模索している。

6月に話しを受けた［除菌剤］については、化粧品会社のOEMを請け負っている大阪の会社が、サンプル製造を引き受けてくれることとなり、そのサンプルをもって特許申請すると共に、北里大学の検査機関にて細菌・ウイルスに対する効果試験を行っていた。

そして、父のクリニックは、開院からわずか1年余りという早さで実績を積み、法人認定される事となり、これはひとえに、60代半ばの父の驚異的な頑張りと、信頼できる良きスタッフに恵まれたおかげである。

悲喜こもごも、想定内想定外の出来事が、怒濤のように押し寄せたこの年も、晦日を迎えた。

2020年元日水曜日

令和2年、新たな年を迎えた。

私達一家にとって、まさに［青天の霹靂］であった母の解任劇から、3度目の正月である。

かつて、毎年、1月2日には、上杉病院グループの会長宅において、盛大な新年会が催された。

ホテルからのシェフが数名、派遣され、朝から、キッチンで料理を仕込み、広いリビングルームでは、黒服の人達が、糊のきいたテーブルクロスを広げ、ピカピカに輝くグラスやカラトリーを並べてゆく。

私は、縁戚であるため、幼い頃から家族で参加しており、その準備課程からの様子を眺めるのが好きだった。

時には、母や祖母から、「邪魔したらあかんよ」と、声をかけられたが、大勢の人々が、手際良く支度を整え、場が設えられてゆく様は、美しくもあった。

午後2時になると、おそらく外で時間を合わせて来たのであろう、病院グループの各病院長や、管理職の医師、看護師、事務長や施設長らが、続々と訪れ、玄関は開放された。

皆はまず、会長、理事長に、新年の挨拶に向かい、その後、たいていの者は、そそくさとその場を離れ、同僚同士で賑やかに歓談し合う姿も、恒例のものだった。多い時には、100名近くの関係者が集った。

会長、理事長、各病院長らの順で、新年訓示、そして乾杯へと続き、その後は、皆がワインや日本酒を片手に、豪華に並べられた料理を取り分け、会話に興じた。

親族の女性達は、晴れ着で装い、母は、いつも和服姿だった。

会長は、常にカッシーナの大型ソファー中央に座り、その周囲には、古参の年配医師達が陣取っていた。

理事長らは、別の階に料理を運ばせ、若い幹部連中と、ワインや葉巻を楽しんでいた。その方が、気楽だったのだろう。

そして、夕刻になると、招集がかかり、再び全員がリビングルームに集まり、その年々で覚えのめでたい院長により、一本締めが行われ、お開きとなる。

華やかな社交辞令が飛び交う反面、笑顔の奥にある思い、時々の力関係や離合集散の様子を、観察するのが面白かった。

しかし、医療は、高度成長期やバブルの時代の勢いを、とうに失い、病院経営は、年々、難しい時代となっており、2018年からは、その年始会に代わり、ホテルでのこじんまりとした新年会に変更された。

華やかな時代の記憶は、もはやベールのかかった映像のように、遠いものとなった。

2020年1月16日木曜日

1月7日に、WHOは、この前月に、中国の湖北省・武漢で発生したとされる原因不明の肺炎が、新型コロナウイルス（SARS-CoV-2）によるものであると発表した。

そして、この日、日本で初めての感染者が確認された。

しかし、この頃は、殆どの日本人が、対岸の火事としか捉えて折らず、むしろ、前年暮れに発生した、カルロス・ゴーン氏の逃亡劇で、マスコミは持ちきりだった。

ゴーン氏は、1999年に、日産自動車のCEO（最高経営責任者）に就任した。

当時は、「過酷な競合が繰り広げられる世界の自動車業界において、最も多忙な男」と称され、マルチリンガルであること、極度の経済的危機にあった日産自動車を立て直したことで、日本でも、高く評価された。

彼は、就任時、不採算部門の閉鎖・売却や、従業員の大幅なリストラを行った。

しかし、おそらく内部クーデターにより、２０１８年１１月、金融商品取引法違反等により、東京地検特捜部に逮捕され、２０１９年１月には、特別背任罪で、追起訴された。

その後、保釈金総額１５億円を支払い、保釈が成立していたが、２０１９年１２月２９日、レバノンへ逃亡したのである。

報道によると、楽器のケースに潜み、プライベートジェットで日本から脱出したのではないかとされている。

映画さながらの逃亡劇である。

彼の経営手法に共感してはいなかったし、逮捕理由に関しても、マスコミが騒ぐ程には興味は持たなかったが、彼が、日本の司法に対する絶望感を口にしているとの報道には、理解が出来る。

先述の「人質司法」しかりである。

体験した者にしかわからない、恐怖があるのだ。

２０２０年２月３日月曜日

大型クルーズ船［ダイヤモンドプリンセス号］が、横浜港に着岸した。

この日から、２１日の、乗客下船完了迄の間、乗船者に、新型コロナウイルスのクラスターが生じていることから、政府は、対応に迫られた。

カルロス・ゴーン氏の報道は飛んでしまい、連日、ダイヤモンドプリンセス号一色となったが、それでもまだ初期には、地域限定のような他人事感が、どこかにはあった。

しかし、日本においても、１３日に初めての死亡者が報告され、世界各国にも感染が広まり、徐々に報道は加熱していった。

２０２０年３月１１日水曜日

WHOは、新型コロナウイルスを、COVID-19と命名し、パンデミックを宣言した。

世界100カ国を超える地域で、10万人を超える感染者となったと報道された。

また、日本では、これに先駆け、殆どの美術館、博物館、動植物園等の公共施設が閉館となり、全国の義務教育をはじめとする学校が臨時休校となっており、我が家の子供達も、毎日を家で過ごすこととなった。

何故、学校や教育的施設のみの閉鎖を、ここまで他に先駆けて早急に決定されたのかは疑問に思うし、保護者は大変である。

両親のどちらかが子供の面倒をみられない場合、多くは休職せざるを得ず、それを理由に、パートや派遣の契約解除をされるケースも出てくることとなる。

我が家の場合は、妻が、自宅で行っていた音楽教室をオンラインに切り替え、ありがたいことに、ほぼ全ての生徒に協力しもらっている。

そしてその間、義母や母が、オンラインで子守をしてくれる。

義母は、わざわざiPadを新調してくれたらしい。母も、Wi-Fi環境を整えて、いつでもどこでも対応してくれるようになった。

これは、思わぬ効用である。

2020年3月24日火曜日

この年の7月に開催予定であった［東京オリンピック・パラリンピック］の延期が、決定された。

既に、イタリアを始めとするEU各国や米国、イスラムやアジア各国に至る迄、それぞれの国の基準での都市封鎖や国境封鎖、行動制限が行われることとなった。

わずか数ヶ月前迄の世界とは、まるで景色が一変してしまったのである。

2020年3月25日水曜日

東京都が、週末の外出自粛要請を発表した。

その空気は、東京のみならず、全国に影響を及ぼし、京都においても、多くの飲食店を始めとする店舗が、時短や休業をし始めた。

コンサートや演劇等のエンターテイメントや、スポーツの試合も、次々と中止や延期の決定がなされた。
あれ程、「観光、観光」と声高に叫んでいた京都の行政は、休業を余儀なくされ廃業するところも出てきている宿泊施設や土産物店、バスやタクシーといった観光産業を救う手立てを、真剣に考えているのだろうか。

自粛の空気の中で、当然ながら、メディカルエステも客足が減り、収益は、激減した。上杉病院グループから排除された後に、試行錯誤しつつ、何とか業績を回復させてきた矢先である。

Instagram や Facebook で、施設内の徹底消毒の様子や、フェイスガード姿のスタッフからのメッセージ等の情報発信を行ったが、厳しい状況である。

一方で、検査機関に依頼していた［除菌剤］の結果があがってきた。
大腸菌やO157、サルモネラ等11種類の細菌に対する殺菌効力、インフルエンザやネコカリウイルス（ノロウイルス代替）、ヒトアデノウイルス5型等のウイルス種に対する不活化効力において、検査したもの全てにおいて有効との判定であった。

開発者の1人である医療法人希会の理事長の父上、もちろん理事長、そして院長、土師氏と共に、安堵と喜びを共有した。

亡き丸山先生の思いに、一歩、近付いたのである。

最初に、この話しを受けた時には、新型コロナウイルスの蔓延など、予想もしていなかったし、正直、どう扱ったらよいのか戸惑いもあった。

しかし、今思えば、このタイミングで関わることになれたのは、奇跡的である。

次にしなければならないのは、人体への安全性確認である。

それは、サンプル製造を依頼したOEMの会社が、請け負ってくれることとなった。

2020年4月7日火曜日

日本政府は、全国に対して、「緊急事態宣言」の発令を行った。

期日は、ゴールデンウィーク最終日の5月6日迄とされた。

既に、かなりの割合で、店舗や事業は自粛していたが、これを機に、一気に、それは拡大した。

京都中のデパートや主な商業施設も休業を決め、京都駅の地下街は、一斉にシャッターを下ろし、照明も落とされた。

例年のこの時期には、まだ桜が美しく、観光客で溢れかえっていたものだが、今年は、まるでゴーストタウンのようである。

メディカルエステも、休業を余儀なくされた。

当然ながら、休業中にも、家賃等の固定費はかかるし、スタッフへの休業補償も必要である。

今回の事態は、不可抗力による休業として、国の雇用調整助成金を申請することにした。

申請手続きは、大変である。

収益減少の証拠資料のみならず、スタッフの給与明細や過去の勤務表まで揃えなければならない。個人経営の店舗や中小企業では、不可能な所もあるだろう。

我が社は、何とか、それらを揃えることができたものの、ところが、ここで問題が生じた。

スタッフには、一部、派遣社員もいるのだが、彼女達の雇用主は、株式会社Rではなく、派遣会社である。

国の保証を受けるためには、会社が減収減益になっていることが条件である。

ところが、派遣会社は、減収とはなっていないため、補助金は下りない。

とはいえ、他のスタッフと同等の保証をしなければ、そのスタッフの生活は、成り立たない。

結局、自社で賄うこととなりそうである。

これは、この制度の盲点ではないだろうか。


また、新型コロナウイルスによる中小企業救済のための融資や助成金も発表され、私も、申請にチャレンジしているが、何しろ、手続きが煩雑であるし、登記簿謄本や印鑑証明書のみならず、直近2期分の決算書を始めとする、減収減益を証明する資料を各種取り揃える必要があり、ただでさえ、新型コロナウイルス禍により、日々、心身共に疲弊し奔走している経営者には、じつに酷である。

それでも、こうした制度があることは有難いし、行政は、多くの人々が確実に活用できるように配慮してもらいたいと願う。

2020年4月29日水曜日

ゴールデンウィーク初日である。

昨年のこの時期にも、「青天の霹靂」を味わったが、その1年後に、世界中が、これ程に激変しているとは、想定もしなかった。

緊急事態宣言から約3週間が経ったが、街はゴーストタウンのままだ。殆どの店舗は休業し、「不要不急の外出は禁止」との言葉が一人歩きし、たまに開いている店や、外出している人を訴追する「自粛自警団」が現れ、不本意ながら感染してしまった人の行動や個人情報まで晒すような動きには、胸が痛む。

報道やSNSで、「私刑」という言葉も散見するようになり、それを目にする度に、この数年の、私達家族の体験がフラッシュバックし、胃液が湧き上がってくるような不快感を覚える。

ゴールデンウィークに人が集まらないようにと、美しく咲いている花を刈り取るニュースも目にした。狂気の沙汰である。

一方で、世界的に、人々の動きや経済活動が停止したことにより、ヴェニスの川にイルカが泳ぐようになったとか、濁っているのが当たり前だったインドのガンジス川の川底が見える程に透明になった、欧米や中国の大都市のスモッグが消え、遙か遠くの山々が美しく見渡せるようになった、人の姿の消えたビーチで多くのウミガメの産卵が確認された、等々、環境が改善された報告は、枚挙にいとまが無く、宇宙から見た衛星画像でも確認されるそうだ。

地球規模で考えれば、この新型コロナウイルス禍は、後年、どのように評価されるのだろうかと、漠然と考えてみる。

2020年5月6日水曜日

4月7日に発令された「緊急事態宣言」は、当初、この日を期限とされていたが、この2日前に、5月末迄の延期が発表された。

私も含め、多くの個人や中小企業経営者は、「何とか5月6日迄は、持ちこたえよう」とのモチベーションで頑張ってきたが、延期により、力尽きてしまうとの声があがる。

既に、この日を待たずして廃業せざるを得なかったケースもあれば、命を絶たれたかたさえある。

［自粛自警団］などより、［互助組織］を作ることはできなかったのだろうかと、暗澹たる気持ちになる。


人の動きを制限するのであるから、航空機や鉄道といった交通網や、ホテル・旅館等の宿泊施設の利用者は、絶望的に激減し、もはやこの緊急事態が明けたとしても、完全に元通りになることは無いだろう。

人々の働き方や娯楽の在り方、価値観も、変わってしまうのだろう。


弁護士からのメールに気付いた。

今月予定されていた私達の裁判期日は、裁判所の業務制限のため、延期となったそうだ。

私達より、もっと急を要している裁判の関係者は、どうするのだろうか。

民間では、テレワーク等オンラインの活用が奨められる中で、裁判所こそ、模範を示すべきなのでは無いかとも思うが、やむを得ない。

2020年5月8日金曜日

国の持続化給付金等の申請もしているが、その結果を待つ日々にも、経費はかかり続ける。この日、民間の信用金庫による融資の申し込みを行った。新型コロナウイルス禍の特別措置として、3千万円までは無利息無担保で融資を受けられ、返済も3年間猶予が与えられるというものだ。

［新型除菌剤］は、安全性試験をクリアし、名称とパッケージデザインは、私が担当した。これにより、ようやく製品化の目処が立ち、5月末には、正式に発売の運びとなった。思えば、不思議な縁に引き寄せられるように、この除菌剤に関わることとなった。

その後の新型コロナウイルス禍により、土師氏の訪問リハビリ事業は、濃厚接触認定され減収となり、またサンプル製造を依頼したOEMも化粧品会社からの受注が減り、製造工場も、ラインを3分の1に減らして稼働をストップしていた。我が社も、もちろん打撃を受けていた。

そうした中で、それぞれが持ち分の力を発揮し、役割を果たして、ここ迄漕ぎ着けた。

特許から製造、販売迄、全て関西発の除菌剤として、世に出すことが出来るのである。


これまでの36年間の人生、家族と共に、穏やかに誠実に生きてきたつもりだった私が、小説やテレビドラマでもなかなかそんなあからさまなシナリオは無いだろう、という程の希有の事態に巻き込まれ、その間に、信じていた人物から距離を置かれることもあったが、逆に、力は無くとも、ただ心を寄せてくれる人の、見守ってくれる人の、何と有難く感じられたことか。


人生は、ロールプレイングゲームのようなものである。

このわずか足掛け3年の間に、私が体験した、尋常ならざる出来事の数々も、ステージアップのために必要な体験であったのだろう。

そして、その中で、本当に大切な人と、通りすがりの人々、残る人と去りゆく人達を認識することが出来、手に入れるべく努力しなければならないアイテムや、手放すべきアイテムを、試行錯誤しながら識別し、そのための様々な技術も学んだ。

今、私の心は、フラットである。

しかし、事態が収束した訳でも無い。

これからも、家族を守るために、信じてくれた人達に応えるために、状況を慎重に判断し、役割を果たしてゆくつもりである。

風が
風がほほを撫でる

風はまだ見知らぬ場所を
風はまだ知らぬ人の息吹を
誰かに伝えて
どれだけたくさんのものを見てきたのだろう

僕を柔らかく撫でた風は

これからどこに流れ
誰に出会うのだろう

願わくば、僕に触れた風が
泣いている誰かのほほをそっと乾かし
喜んでいる誰かに花の香りも添えてあげてほしい

花の種をのせ
隣の町に小さくても確かな命を
力強く根付いた幸せを運んでほしい

今日の風が
明日の誰かの幸せになりますように

（2009年　25才時のブログより）

著者プロフィール

橋本 由美（はしもと　ゆみ）

京都生まれ。

同志社大学文学部心理学専攻卒業。

茶道茶名・宗美。華道師範。

これまでにエッセイ画集『空へ』（講談社）、『HOLY　BELL』（風詠社）を出版。

どんだけ青天の霹靂やねん / 風の記憶

2020年9月23日　第1刷発行

著　者　　橋本　由美
発行者　　つむぎ書房
〒103-0023　東京都中央区日本橋本町 2-3-15
共同ビル新本町 5 階
電話　03(6273)2638
https://tsumugi-shobo.com/
発売元　　星雲社（共同出版社・流通責任出版社）
〒102-0005　東京都文京区水道 1-3-30
電話　03(3868)3275

ISBN978-4-434-27838-9　C0093